Aus der Reihe »Kampfstern Galactica«
sind außerdem im Goldmann Verlag erschienen:

Kampfstern Galactica · 23748

Kampfstern Galactica 2
Die Todesmaschine von Cylon · 23749

Kampfstern Galactica 3
Die Gräber von Kobol · 23750

Kampfstern Galactica 4
Die jungen Krieger · 23751

Kampfstern Galactica 5
Die Entdeckung der Erde · 23752

Kampfstern Galactica 6
Zu Lebzeiten Legende · 23790

Kampfstern Galactica 7
Krieg der Götter · 23791

Kampfstern Galactica 8
Grüße von der Erde · 23792

Kampfstern Galactica 9
Verschollen im Chaos · 23793

Kampfstern Galactica 11
Die Teufelsmaschine · 23795

SCIENCE FICTION
ABENTEUER

Glen A. Larson/Ron Goulart

KampfsterN GALACTICA 10
Wächter in der Zeit

BATTLESTAR GALACTICA 10
THE LONG PATROL

Deutsche
Erstveröffentlichung

GOLDMANN VERLAG

Aus dem Amerikanischen übertragen von
Christoph Göhler

Made in Germany · 6/87 · 3. Auflage

BATTLESTAR GALACTICA 10: THE LONG PATROL
A novel by Glen A. Larson and Ron Goulart
Based on the Universal Television Series: »BATTLESTAR GALACTICA«
Created by Glen A. Larson
Adapted from the episode »The Long Patrol«
Written by Donald Bellisario

Umschlagentwurf: Design Team München
Umschlagfoto: Universal Film
Satz: IBV Satz- und Datentechnik GmbH, Berlin
Druck: Elsnerdruck, Berlin
Verlagsnummer: 23794
Lektorat: Theodor Singer/Peter Wilfert
Herstellung: Peter Papenbrok/Voi
ISBN 3-442-23794-7

1

Majestätisch bewegte sich die *Galactica* durch den dunklen, sternenlosen Raum. Das gigantische, mehrstöckige Schiff war das größte Kampfschiff der kolonialen Flotte, eine in sich geschlossene Welt, auf der Tausende lebten.

Der Mensch, der das Schicksal dieser Tausende bestimmte, wie auch das der Menschen auf den anderen Schiffen der ziemlich verwahrlosten Flotte, war Commander Adama, ein breitschultriger, grauhaariger Mann. Er stand auf der Brücke des Kampfsterns und blickte durch das weite Observationsfenster hinaus in die absolute Dunkelheit.

Colonel Tigh näherte sich ihm. »Die Sensoren zeigen an«, sagte er, »daß wir die Asteroidenstaubzone bald durchflogen haben.«

»Es ist merkwürdig«, gestand Adama, während er sich von dem dunklen Fenster abwandte. »Ich bin nervös wie ein Kadett vor seinem ersten Raumflug.«

Der Junge, der neben dem Commander stand, antwortete: »Ich glaube nicht, daß ich nervös bin. Aber vielleicht auch nur, weil ich nicht so genau weiß, was hier vorgeht.«

Captain Apollo, der Vater des Jungen, trat von dem Datensichtgerät zurück, das er studiert hatte. Er legte seine Hand auf die Schulter des Jungen und sagte: »Paß auf, das ist passiert. Wir haben unser Sternensystem verlassen und fliegen im Augenblick durch ein Feld von Asteroidenstaub. Wenn wir es durchquert haben, befinden wir uns in einer völlig unbekannten Galaxie.«

»Eine unbekannte Galaxie?«

»Für uns, ja. Eine Galaxie, die noch niemand in unserer Flotte gesehen hat.«

»Commander«, unterbrach ihn Tigh mit einer Kopfbewegung zum Sichtfenster hin, »wir sind durch.«

Sterne erschienen in der samtschwarzen Stille außerhalb des Raumschiffs, ein Funkeln hier, ein Glitzern dort. Bald waren es Dutzende, dann Hunderte. Und schließlich strahlten Tausende von Sternen im Raum und umgaben die *Galactica* mit ihrer ganzen Flotte.

»Ganz schön viele Sterne«, bemerkte Boxey.

»Und nachdem du sie jetzt gesehen hast, junger Mann«, schlug Apollo vor, während er seinem Sohn durchs Haar fuhr, »solltest du ins Bett. Du solltest schon seit Centonen schlafen.«

»Muß ich das wirklich? Ich meine, wir sind in einer ganz neuen Galaxie und so«, widersprach Boxey. »Das ist für mich eine wertvolle erzieherische Erfahrung und –«

»Ins Bett.«

Der Junge blickte zu seinem Großvater auf. »Sollte ich nicht vielleicht wach bleiben?«

Der Commander versuchte, eine strenge Miene aufzusetzen und erklärte ihm dann: »Ich kommandiere zwar die Flotte, mein kleiner Junge, aber Apollo ist dein Vater.«

Boxey ließ den Kopf hängen und sagte: »Okay, ich gehe ins Bett und verpasse wieder alles.« Langsam und zögernd verschwand er von der Brücke.

»Ich glaube«, kommentierte Apollo, während er ihm nachsah, »wir beide haben ähnliche Debatten geführt, als ich in seinem Alter war, Dad.«

»Du warst viel dramatischer«, antwortete Adama. »Und im Aufstampfen warst du ungeschlagen.«

Colonel Tigh gesellte sich wieder zu ihnen. »Die ersten Sensorenangaben sind negativ«, meldete er. »Keine Anzeichen für Lebensformen im ersten Quadranten dieser neuen Galaxie.«

»Sobald die gesamte Flotte den Asteroidennebel verlassen hat«, ordnete Adama an, »lassen Sie alle Sensoren auf unseren Kurs ausrichten. Ich möchte, daß unser Ortungsbereich so groß wie möglich ist.«

»Ja, Sir.«

Der Commander ging, gefolgt von Apollo, hinüber zu einer Konsole, an der die dunkelhaarige Athena saß. »Wenn wir Anzeichen dafür haben, daß dort draußen irgend etwas ist, müssen wir ein Aufklärungsschiff ausschicken«, sagte er. »Und das wird unsere neue

Spähviper sein.«

»Wir haben bereits einen Freiwilligen, der das Schiff fliegen wird«, ergänzte Apollo.

»Wer?« wollte der Commander wissen.

»Lieutenant Starbuck«, antwortete der Captain mit einem leisen Lächeln.

»Starbuck?« fragte Athena und setzte sich auf. »Ich habe noch nie gehört, daß er sich freiwillig gemeldet hätte.«

»Er hat ein stark ausgeprägtes Pflichtgefühl«, versicherte ihr Apollo. »Außerdem hat der Rat den Scorpios die Genehmigung erteilt, die Astrolounge auf der Edena wieder zu eröffnen. Seitdem versucht Starbuck, genug Geld zusammenzukratzen, um einmal hineinzukommen. Vater hat dem ersten Piloten, der die neue Aufklärungsviper fliegt, einen Bonus von hundert Cubits versprochen.«

»Du solltest ihn nicht schlechter machen, als er ist«, wandte der Commander ein. »Bonus oder nicht, die Mission kann sehr lang und gefährlich werden.«

»Ich würde auch niemals behaupten, daß mein alter Freund ein Söldner ist«, erklärte Apollo.

Adama nickte Athena zu. »Wie ist sein augenblicklicher Status?«

Sie drückte ein paar Tasten auf der Tastatur vor ihr. Die Namen aller Krieger zogen über den Bildschirm. Als Starbucks Name auftauchte, blieb das Bild stehen.

Athena tippte mit ihrem Zeigefinger auf den Schirm. »Im Augenblick hat er Status Grün«, sagte sie. »Er ist zur Zeit auf der *Rising Star.*«

Commander Adama nickte und sagte: »Ich hoffe, wir müssen ihm nicht Status Rot geben, bevor er gegessen hat.« Er entfernte sich wieder.

Athena berührte Apollos Arm. »Starbuck hat mich gebeten, heute abend mit ihm zu essen. Aber ich wollte auf der Brücke sein, wenn wir in die neue Galaxie einfliegen.«

»Kleine Schwester, das war wahrscheinlich die richte Entscheidung.«

»Aber trotzdem, Apollo«, meinte sie, »wenn er auf eine so gefährliche Mission geht... vielleicht sollte ich doch mit ihm über die Zeit des Abendessens zusammensein.«

»Hey, solange bleibt er gar nicht fort.« Er tätschelte ihr den schlanken Rücken. »Du wirst noch genügend Gelegenheit haben, ihn dir vom Hals zu halten.«

»Wahrscheinlich«, antwortete sie. Aber sie klang nicht überzeugt.

Starbuck vergaß, seine Zigarre anzuzünden.

Er stand an dem riesigen Sichtfenster in dem weitläufigen Speisesaal des Restaurants auf der *Rising Star*, einen Arm um die schmale Taille Cassiopeias gelegt, und beobachtete, wie das ehemalige interstellare Linienschiff sich aus dem Asteroidennebel schob.

Als die Sterne aus dem Nichts auftauchten und in der Dunkelheit zu strahlen begannen, ging ein ehrfürchtiges Raunen durch die Reihen der Zuschauer.

»Es ist unglaublich«, bemerkte Cassiopeia. »Als würde man neu geboren. Findest du es nicht aufregend?«

Er kratzte sich sein strohblondes Haar. »Ich werde dir etwas sagen, Cass«, erklärte er und ließ seine Zigarre im spitzen Winkel nach oben deuten. »Sterne und neue Galaxien und so was reizen mich schon. Aber wirklich aufregend finde ich nur die Gesellschaft liebenswürdiger Damen. So wie dir.«

Die junge Frau rümpfte ihre Nase. »Du bist nicht besonders poetisch.«

»Das bin ich wohl«, widersprach er. »Möchtest du, daß ich dir ein paar Limericks zitiere? Es war ein –«

»Verschone mich«, bat sie und schaute wieder hinaus zu der neuen Galaxie, in welche die *Galactica* und die Schiffe der Flotte soeben eintraten.

Die anderen Paare, die ebenfalls ans Fenster getreten waren, kehrten langsam wieder zu ihren Tischen zurück. Starbuck machte einen rotbäckigen, weißhaarigen Ober auf sich aufmerksam.

Der Ober näherte sich ihnen und verbeugte sich. »Das erinnert einen an die alten Tage auf der *Rising Star*«, vertraute er ihnen mit einem Seufzen an. »Vor dem Krieg.«

»Vor dem Krieg?«

»Bevor wir an unserer jährlichen Tour nach Quatora gehindert wurden«, erläuterte der Ober. »Ach, das war ein großartiger Sternhaufen. Sieben rote und ein blauer Stern. Das schlug die Menschen in Bann – es raubte einem den Atem. Füllte einen mit einem aufblühenden Gefühl von Ehrfurcht, wenn Sie verstehen, was ich meine, Sir.«

»*Sie*«, kommentierte Cassiopeia, »haben offensichtlich eine poetische Seele.«

Der Ober lächelte. »Das könnte man wirklich annehmen, Miss. Immerhin, so durchs Leben zu reisen, ohne –«

»Was wir noch dringender brauchten als eine poetische Seele«, fiel im Lieutenant Starbuck ins Wort, »wäre ein Separée.«

Der rundliche Kellner seufzte wieder und schlug eine Hand auf die Brust. »Es ist leider zu befürchten, daß –«

»Sehen Sie«, sagte Starbuck und ließ seine Zigarre wieder sinken, »ich habe... nun, ich möchte wirklich nicht darüber sprechen, aber ich habe eine schwere Mission vor mir. Es könnte sehr lange dauern, bis ich wieder einmal die Gelegenheit habe, bei Ihnen zu speisen.«

»Ah, ich fühle mit Ihnen, Lieutenant«, tröstete in der Ober. »Aber Sie müssen verstehen, die Separées werden sieben oder sechs Millicentons im voraus reserviert und darum... hm.«

Starbuck schob unauffällig eine Goldmünze aus seiner Hand in die des Kellners. »Es wäre eine gute Tat«, sagte er.

»Naja, für einen Krieger in seiner letzten Nacht kann man wohl einmal eine Ausnahme machen.« Er setzte sich in Bewegung. »Hier entlang, bitte.«

»Letzte Nacht?« Starbuck kniff sein linkes Auge zusammen. »Mir gefällt der Ton nicht, in dem er das gesagt hat.«

2

Das Separée war klein, mit hellblau gestrichenen Wänden und Decke. Das einzige, ovale Fenster gab den Blick frei auf das Sternenfeld, das sie jetzt durchflogen.

»Was ist das für eine Mission?« fragte Cassiopeia.

Starbuck schnippte die Asche von seiner Zigarrenspitze, grinste sie über den Tisch hinweg an und antwortete ihr schließlich: »Eigentlich nur ein Routineflug. Aber ich dachte, wenn ich es ein bißchen ausmale, dann bekommen wir einen besseren Platz und –«

»Mach mir nichts vor«, unterbrach ihn die junge Frau. »Ich habe das Gefühl, du stehst wirklich vor einer gefährlichen –«

»Nein. Was für einen normalen Krieger vielleicht gefährlich ist, Cass, meine Liebe, braucht für ein Mitglied des Starbuck-Clans noch längst keine Bedrohung zu sein.« Er zog an seinem Stumpen. »Laß uns die Gefahren und Abenteuer vergessen, die mich auf meinem Weg erwarten und –«

»Ihre Flasche Ambrosa, Lieutenant«, kündigte der Kellner an, der unbemerkt in ihr kleines Abteil getreten war. »Es brauchte viel Glück, diesen hier im Weinkeller der *Rising Star* zu finden, denn Ambrosa ist hier so selten wie Tilinium oder das sprichwörtliche –«

»Wir wissen es zu schätzen.« Starbuck schob ihm eine weitere Münze zu.

»Man ist äußerst dankbar.« Er trat rückwärts aus dem Separée hinaus. »Läuten Sie bitte, wenn Sie Ihr Menü bestellen wollen.«

Cassiopeia musterte Starbuck über den Eiskübel mit Ambrosa hinweg. »Was für eine Mission ist das genau?«

»Ich habe es dir schon erklärt, Cass, eine einfache Aufklärungspatrouille.«

Sie stieß sich mit den Händen vom Tisch ab. »Ich möchte mich noch ein bißchen erfrischen«, entschuldigte sie sich lächelnd. »Ich bin gleich wieder zurück.«

»Jeder Augenblick, in dem du fern von mir bist, ist wie eine Ewigkeit«, verkündete Starbuck.

»Es wird bestimmt nicht länger als vier oder fünf Ewigkeiten dauern.«

Die Tür öffnete und schloß sich hinter ihr, dann war Starbuck allein.

Aber nicht lange.

Die Tür öffnete sich wieder.

»Ups!« Starbuck stellte das Glas mit Ambrosa auf der weißen Tischdecke ab.

Athena trat über die Schwelle. »Ich... ähm... habe nach dir gesucht.«

Starbucks Kichern klang in seinen eigenen Ohren ziemlich unbeholfen. »Äh... das ist aber... hm... nett«, sagte er und beobachtete, wie sich die Tür hinter ihr schloß.

»Ich dachte, ich sage dir besser, daß du bald auf Alarmstufe Rot kommst«, erklärte die dunkelhaarige Frau, während sie vorsichtig ein paar Schritte auf den Tisch zu machte.

»Alarmstufe Rot?« Er legte seine Zigarre im Aschenbecher ab.

»Verstehst du, Starbuck, ich habe eben erfahren, daß du dich freiwillig für den Jungfernflug mit der Aufklärungsviper gemeldet hast«, fuhr sie fort. Ein feuchter Schleier lag über ihren Augen. »Ich meine, du hast mich gebeten, deine letzte Nacht zusammen mit dir zu verbringen und –«

»Warum müssen das alle so betonen?«

»Wie bitte?«

»Schon gut.«

»Vielleicht drücke ich mich nicht richtig aus, Starbuck«, entschuldigte sich Athena. »Aber verstehst du, ich möchte wirklich nicht, daß du allein bist. Du bist doch alleine, oder nicht?«

Er sprang abrupt auf, so daß er fast den Tisch umstieß, der Ambrosa aus seinem Glas schwappte, die beiden Gläser klirrten und der Rauch, der in einer dünnen Wolke von seiner Zigarre aufstieg, verwehte. »Allein? Äh... Natürlich!«

»Da stehen zwei Gläser auf dem –«

»So was wie außersinnliche Vorausahnung.« Er kicherte und machte eine Geste, die den kleinen Raum einschloß. »Ich saß hier und brütete vor mich hin, betrachtete das großartige Panorama dieser neuen Galaxie und dachte über den Sinn des Lebens nach, als ich plötzlich das untrügliche Gefühl hatte, jemand sehr Liebenswertes würde mir Gesellschaft leisten.« Er schob sich um den Tisch herum und packte sie am Ellenbogen. »Und dann habe ich ein zweites Glas kommen lassen.«

»Wieviel Ambrosa hast du schon getrunken?«

»Wie? Noch nichts, noch keinen Tropfen, Athena, meine Liebe«, versicherte ihr Starbuck, während er versuchte, sie zur Tür zu drängen. »Nur du machst mich so trunken. Und jetzt komm mit mir.«

»Wohin?«

»Wohin?« Starbuck blinzelte. »Ach ja, in ein kleines Separée, wo wir beide ungestört –«

»Wir *sind* in einem Separée.«

»Schon, aber hier zieht es, und der Ausblick ist nicht besonders –«

»In einem computergesteuerten Belüftungssystem kann es nicht ziehen. Bist du ganz sicher, daß –«

»Heiliger Strohsack!« rief er plötzlich aus, als sich die Tür mit einem Zischen öffnete. »Ich kann alles erklären... ach so, hallo.«

»Es kam uns der Gedanke«, eröffnete ihm der eintretende Kellner, »daß der beherzte Lieutenant unsere Dienste benötigen könnte.«

»Das könnte er allerdings«, bestätigte Starbuck. »Dieser miefige Platz reichte vollkommen aus, als ich alleine und einsam war. Aber jetzt brauche ich etwas Besseres. Etwas Eleganteres, mehr –«

»O je, das wird nicht einfach sein, Lieutenant. Wir sind nicht sicher, daß wir –«

»Ich bin überzeugt, daß Sie das Passende für uns finden.« Starbuck drückte ihm wieder eine glänzende Münze in die Hand.

»Es hat den Anschein, Lieutenant, daß es tatsächlich noch einen freien Raum gibt, einen, der Ihren Bedürfnissen mehr entspricht.« Er tippte sich mit der Hand, die immer noch Starbucks letzten Tribut umklammerte, an die Schläfe. »Aber unser armes altes Gehirn arbeitet nicht mehr so wie früher, und wir können uns wahrscheinlich nicht erinnern, wo –«

»Das wird es wieder in Bewegung setzen.« Starbuck reichte ihm die nächste Münze.

»Ja, die Erinnerung kehrt zurück«, bestätigte der Kellner mit einem

Nicken. »Hier entlang bitte, meine Dame, mein Herr.« Er verbeugte sich und führte sie aus dem Raum.

»Du bist wirklich nervös heute abend«, bemerkte Athena, während sie seinen Arm nahm. »Du machst dir Gedanken über deine Mission, nicht wahr, Starbuck?«

»Nein, nein«, wehrte er sofort ab. »Nein, in Wahrheit ist es allein dein Anblick. Ja, du, das hübscheste Wesen auf allen Schiffen der Flotte. Du bringst mein Blut in Wallung und –«

»Das ist äußerst schmeichelhaft«, lächelte sie. »Selbst wenn ich es nicht glaube... vorsichtig!«

Er hatte sich ängstlich umgeblickt, ob Cassiopeia irgendwo zu sehen war, und war dabei über eine Falte im Teppich gestolpert. »Verzeihung«, sagte er. »Deine Nähe, meine Liebe, macht mich immer ein bißchen tollpatschig.«

»Ah, welch eine Romanze«, kommentierte der Ober.

Der Kommunikationsschirm in Commander Adamas Quartier summte. Er hob sich aus dem bequemen Sessel, in dem er sich ausgeruht hatte, ging hinüber und schaltete das Gerät ein. »Ja?«

Colonel Tighs Gesicht erschien auf der Bildfläche. »Es sieht so aus, als hätten wir etwas«, meldete er. »Die Tiefensensoren weisen möglicherweise auf eine Lebensform im Quadranten Alpha Sechs hin.«

Adama nickte und fragte dann nach: »Cyloner?«

»Wir können nicht feststellen, ob es Cyloner oder uns freundlich gesinnte Lebensformen sind«, antwortete Tigh. »Dazu brauchen wir eine Aufklärungsviper.«

»Gut. Lassen Sie Spähviper Eins einsatzbereit machen.«

»Die Tiefensensoren zeigen jetzt definitiv die Existenz von Lebewesen an«, bekräftigte der Colonel. »In einer Asteroidengruppe, Binäres Sternensystem Alpha Sechs, Punkt 775.«

»Das ist innerhalb eines Hectars von unserem Kurs«, bemerkte der Commander.

»Genau, und wir wissen nicht, welche Art von Leben dort existiert.«

»Wir werden es herausfinden.« Commander Adama unterbrach die

Verbindung und blickte zu seinem Fenster. »Ich hoffe, der Lieutenant hat bereits gegessen.«

Nachdem sie sich in dem blaßgrünen Separée umgeblickt hatte, wandte sie ihre Aufmerksamkeit wieder Starbuck zu. »Wie gefällt dir dieser Raum?«

»Wie?«

»Sagt der hier dir mehr zu, nicht so zugig?«

»Ah, sicher, ja. Viel besser. Und intimer.« Er grinste.

»Natürlich, wenn ich mit dir zusammen bin, dann verliere ich sowieso jedes Interesse an meiner Umgebung.«

»Das habe ich gemerkt.«

»Das ist jedenfalls ein interessantes... Oh nein!« Er richtete sich in seinem gepolsterten Stuhl auf und schnippte mit den Fingern. »Ich habe den Ambrosa und meine Zigarre in dem anderen Raum gelassen.« Er schoß hoch. »Ich gehe und hole –«

»Du kannst doch den Ober bitten –«

»Nein, ich glaube, er ist ein Typ, der sich einen Zug auf dem Weg gönnt.« Starbuck trat an die Tür. »Oder einen Schluck.«

»Niemand, der noch einigermaßen richtig im Kopf ist, würde freiwillig an einer von deinen stinkenden Zigarren ziehen.«

»Trotzdem.« Er ließ sie allein und machte sich auf den Weg zu dem anderen Separée.

Cassiopeia saß wieder am Tisch, ein bißchen verwirrt. »Wo bist du gewesen? Ich habe einen Augenblick lang schon befürchtet, man hätte dich gerufen –«

»Es war mir zu warm hier drin«, erklärte er ihr und ließ sich in den Stuhl ihr gegenüber fallen. »Ich habe unserem Ober gesagt –«

»Irgendwie ist es hier ein bißchen frisch.«

»Meine Liebe, in so einem Augenblick sollten wir nicht streiten.« Lächelnd hob er den Ambrosa hoch und goß ein wenig davon in die beiden Gläser. »Wir sollten auf unsere Freundschaft trinken.«

Sie stießen mit den Gläsern an.

Nachdem sie einen winzigen Schluck genommen hatte, bemerkte Cassiopeia: »Ausgezeichnet.«

Starbuck verzog das Gesicht. »Nein, nein. Das Zeug schmeckt, als wäre es nicht mal ein Jahr alt. Es hat ein Aroma wie die Lauge, mit der man Raumschuhe reinigt.«

»Es schmeckt hervorragend –«

»Ich werde den Ober suchen und mich bei ihm beschweren.« Starbuck war schon wieder auf den Beinen, den Kübel mit Ambrosa in der Hand.

»Du kannst ihm doch einfach klingeln.«

»Es wirkt besser, wenn ich ihn abfange und dann zusammen mit ihm in den Weinkeller gehe.«

Starbuck war halb aus der Tür, als sein Name aus einem Lautsprecher in der Decke schallte.

»Lieutenant Starbuck. Achtung, Lieutenant Starbuck! Melden Sie sich sofort auf dem *Kampfstern Galactica.* Lieutenant Starbuck, bitte auf Flugdeck Blau. Bereitschaftsstufe Rot.«

»Oh, Starbuck«, klagte Cassiopeia. »Das ist wohl das Ende unseres Abends.«

»Die Pflicht ruft.« Er kehrte noch einmal um, beugte sich zu ihr hinunter und küßte sie. »Bleib noch einen Augenblick hier, Cass. Ich möchte dieses Bild mit mir nehmen.«

»Aber ich –«

»Bewege dich nicht. Lebwohl.«

Draußen lief er zurück zum zweiten Separée.

»Starbuck«, empfing ihn Athena, als er hereinstürzte. »Hast du gehört –«

»Ja, meine Liebe«, antwortete er. »Ich fürchte, die Pflicht ruft mich.« Er eilte zu ihr und küßte sie.

»Ich werde dich vermissen«, sagte sie.

»Mir geht's genauso. Die Augenblicke mit dir waren der Höhepunkt des Abends«, versicherte er ihr. »Aber ich kann nicht warten.«

Sie wollte aufstehen. »Ich sehe dich dann –«

»Nein, rühr dich nicht von der Stelle. Ich möchte dich so, wie du bist, im Gedächtnis behalten. Eingerahmt in dieser kleinen Nische, Myriaden von Sternen in deinem Rücken.«

Er machte auf dem Absatz kehrt und lief aus dem Raum.

Und prallte fast mit dem Ober zusammen. »Ups, Verzeihung.«

»Schon in Ordnung, Lieutenant. Und darf man Bewunderung für den Wagemut des Lieutenants ausdrücken?«

»Um die Wahrheit zu sagen, diese Mission ist überhaupt nicht so –«

»Nicht die Mission, Sir. Die tollkühne und beherzte Art, mit der Sie die beiden Damen voneinander ferngehalten haben. Ach, das erinnerte mich an die glücklicheren Zeiten, als dieses Schiff von... oh je!«

»Was?«

»Beide Damen treten zugleich aus ihren Separées. Darf man einen raschen Rückzug vorschlagen?«

»Man darf.« Starbuck blickte sich nach dem nächsten Ausgang um und verschwand.

3

Die neue Spähviper stand auf dem Startdeck bereit und wurde gerade von der Hangarcrew startklar gemacht. Apollo und Lieutenant Boomer schauten zu.

»Ich habe gehört«, berichtete der schwarze Lieutenant, »daß unser alter Starbuck auf der *Rising Star* einen stürmischen Abschied inszeniert hat.«

»Er weiß, wie man sich stilecht verabschiedet.«

Eine Aufzugstür glitt zur Seite und Starbuck trat heraus, modisch und auffällig gekleidet. »Hallo, Leute«, begrüßte er sie, als er zu ihnen hinüberschlenderte, eine Zigarre zwischen den Zähnen.

»Mann, du siehst atemberaubend aus«, bemerkte Boomer.

Starbuck breitete die Arme aus und vollführte eine langsame Drehung. »Was der gutgekleidete Zivilist tragen wird«, sagte er. »Eine Idee des Commanders. Wenn ich landen muß, soll nicht jeder gleich sehen, wer ich bin.«

»Ich würde dich sofort als Starbuck erkennen«, schränkte Boomer ein, »sobald mir das Kraut, das du qualmst, in die Nase steigt.«

»Obwohl ich eine Berühmtheit in der Flotte bin, kennen die Leute in dieser Galaxie meine persönlichen Merkmale nicht.« Er zog an seinem Stumpen und blies eine Rauchwolke in die Luft. »Das Wichtigste ist, daß niemand mich für einen Krieger hält.«

Captain Apollo mischte sich in das Gespräch. »Du hast mit Athena zu Abend gegessen, hm? Unter anderem.«

Der Lieutenant schüttelte den Kopf und antwortete: »Ihr kennt dieses Problem natürlich nicht, aber es gibt Männer, die einfach zu charmant sind. Wir ziehen die Frauen an wie ein Magnet Eisen.« Er zuckte mit den Achseln. »Ich freue mich auf ein paar Centonen im Raum. Allein. Nur ich, ein schnelles Schiff und eine bezaubernde Galaxie.«

Apollo machte eine Kopfbewegung zu der Aufklärungsviper hin. »Das schnelle Schiff hast du schon, alter Junge. Unsere Ingenieure haben ihre Geschwindigkeit und Reichweite verdoppelt.«

Starbuck warf dem neuen Schiff einen bewundernden Blick zu, während Apollo fortfuhr: »Du hast außerdem einen stimmenaktivierten Computer, der alles abhängen kann, was die Cyloner gegen dich einsetzen können.«

Nach einem weiteren Zug an seiner Zigarre meinte der Lieutenant: »Sehe ich so aus, als würde ich Hilfe brauchen, um diese Schrottköpfe abzuhängen?«

»Du siehst so aus«, antwortete Boomer, »als könntest du jede nur mögliche Hilfe gebrauchen.«

Die Crew hatte sich von dem Schiff entfernt. Der Erste Wart nickte Apollo kurz und bestätigend zu.

»Alles bereit«, sagte Apollo zu Starbuck.

»Bist du sicher? Ich meine, muß niemand mehr eine Gemeinheit über mein Privatleben oder meine Flugkünste loswerden?«

»Ach, sei nicht gleich eingeschnappt.« Boomer klopfte ihn auf den Rücken. »Du solltest eigentlich wissen, daß sich unter unseren Worten ein tiefer Respekt verbirgt.«

»Hooey.« Starbuck marschierte zu dem wartenden Schiff und kletterte ins Cockpit.

Apollo folgte ihm und sah ihm zu, wie er sich festgurtete. »Schalte den Kurzwellen-Ortungsstrahl ein, sobald du gestartet bist, damit wir deinen Flug verfolgen können«, ermahnte er ihn. »Außerdem solltest du dich nur melden, wenn es absolut notwendig ist, und dann nur kurz und codiert. Wir wollen nicht, daß die Cyloner –«

»Uiii, danke, daß du mir das alles verraten hast, Onkel Apollo«, schnitt ihm Starbuck das Wort ab. »Ich weiß, ich bin ein grüner Junge, der noch nie in einem –«

»Verzeihung. Ich weiß, daß du dir selbst helfen kannst, alter Freund«, lenkte der Captain ein. »Aber ich mache mir Sorgen um dich.«

»Hör auf damit, sonst kommen mir die Tränen.«

»Du wirst dieses Schiff lieben«, versicherte ihm Apollo. »Sie haben ihr einen zweiten Generator für alle Triebwerke eingebaut.«

»Aber sie sieht gar nicht größer aus.«

»Das ist sie auch nicht.«

Starbuck blickte sich um. »Ja, aber man kann ihr nicht so viel Gewicht aufpacken, ohne es woanders wieder wegzunehmen.«

»Sie haben dafür die Lasergeneratoren ausgebaut.« Apollo half ihm, das Verdeck zu schließen, und trat dann zurück. »Startklar.«

Starbuck ging automatisch die Startvorbereitungen durch. »Nun, das klingt logisch«, sagte er zu sich selbst. »Wenn man die Lasergeneratoren ausbaut, ist sie bestimmt leicht genug.«

Als die Viper durch die Startluke hinaus in den freien Raum schoß, wurde Starbuck klar, was das zu bedeuten hatte.

»Hey, diese Seifenkiste ist unbewaffnet!«

Lieutenant Boomer wandte sich vom Sichtfenster auf dem Landedeck ab. »Irgendwie wünsche ich mir, ich könnte mit ihm fliegen.«

»Ja, ich auch«, bestätigte Apollo. »Das könnte ein riskanter Ausflug für ihn werden.«

»Ich hoffe nur, er bringt sich nicht in Schwierigkeiten.«

»Na, auch wenn die neue Viper unbewaffnet ist, hat sie ihre Vorteile«, beruhigte ihn der Captain. »Sie ist schneller als alles, was ihm gefährlich werden könnte.«

»Das Problem ist nur, daß wir gar nicht wissen, was ihm alles gefährlich werden kann«, gab Boomer zu bedenken. »Diese Galaxie ist völlig neu für uns.«

»Ich glaube, Starbuck wird mit fast jeder Situation fertig.« Boomer grinste. »Auf eines kannst du wetten«, sagte er. »Wenn es dort draußen irgendwo Frauen gibt, wird Starbuck sie finden.«

»Um die Wahrheit zu sagen«, antwortete Apollo, »er hat sogar eine Art Frau dabei.«

Boomer runzelte die Stirn. »Wie das?«

»Habe ich dir nicht von Cora erzählt?« fragte Apollo.

4

Starbuck war beeindruckt.

Er hatte die neue Viper durch eine Serie von Loopings, Rollen und plötzlichen Kurswechseln geführt. Das geschmeidige kleine Schiff reagierte präziser als jedes andere, das er bisher geflogen hatte.

Der Lieutenant lehnte sich zurück und zündete sich eine frische Zigarre an.

»Ähem.«

Er setzte sich auf. »Wer zum Teufel war das?«

»Wenn du mit deinen Kunststücken fertig bist, Herzchen, dann könnten wir uns langsam um unsere Mission kümmern.« Eine kehlige Frauenstimme sprach aus einem Lautsprecher im Kontrollbrett zu ihm.

Starbuck holte die Zigarre zwischen seinen Zähnen hervor. »Kenne ich Sie?«

»Ich bin dein Computer, Schatz.«

»Hey, ich habe dich gar nicht eingeschaltet. Ein Computer schaltet sich nicht einfach selbst ein, wenn es ihm –«

»Ach, sei doch kein Miesepeter.«

»Ein was?«

»Du würdest nicht viel von einer künstlichen Intelligenz halten, die nicht einfach spricht, wenn sie Lust dazu hat, oder? Nein, wirklich. Überhaupt, Süßer, ist deine Einstellung, ich wäre ein einfacher Diener, wirklich –«

»Moment mal«, fiel er ihr ins Wort. »Wie wäre es, wenn du mich mit Lieutenant Starbuck ansprechen würdest? Oder mit Sir. Es gibt bestimmte protokollarische Regeln, die –«

»Blödsinn«, antwortete der Computer. »Wen willst du damit beeindrucken, Starbuck? Ich habe deine Akte durchgesehen, und ich habe nicht den Eindruck, als würdest du auf Protokoll oder Korrektheit großen Wert legen. Zum Beispiel damals, als man dich aus dem Krankenschwestern-Wohnheim holte, wo du mit –«

»Du hast Zugang zu meinen persönlichen Akten? Ist das denn der normale –«

»Wer hat denn behauptet, ich wäre ein normaler Computer? Ehrlich. Und jetzt möchte ich mich vorstellen. Du kannst mich Cora nennen.«

»Cora?«

»CORA. Das ist eine Abkürzung für Computer/Oral Response Activated«, erklärte Cora. »Können wir uns jetzt, nachdem das Eis gebrochen ist, endlich auf unsere Mission konzentrieren?«

»Ich hätte noch ein paar Antworten auf Lager, die ich dir zurückgeben könnte, Schwester.«

»Wie bitte?«

Starbuck steckte sich die Zigarre wieder in den Mund. »Ich habe versucht, mich auf meine Mission zu konzentrieren«, erklärte er dem Computer. »Aber du, du quasselst mich voll wie ein Teenager auf seiner ersten Party oder –«

»Ich mag deine Stimme, wenn du wütend bist.«

»Ich bin nicht wütend! Ich werde nie wütend! Ich werde überall bewundert, weil ich sogar in den außergewöhnlichsten Situationen ruhig und beherrscht bin!«

Der Computer lachte gackernd und verstummte dann für einen Augenblick. Kurz darauf meldete sich Cora wieder. »Wir befinden uns auf einem Delta-Vektor im Quadranten Alpha Sechs. Ich habe meine Sensoren aktiviert und untersuche die Asteroidengruppe, in der die ziemlich mangelhaften Scanner der *Galactica* Lebensformen geortet haben.«

»Eitel bist du auch.«

»Es wäre töricht, mit meinen Fähigkeiten hinter dem Berg zu halten«, belehrte ihn der Computer. »Ich habe zwei unidentifizierte Schiffe entdeckt, die sich mit Unterlichtgeschwindigkeit fortbewegen. Kurs Omega Eins, Alpha Sechs. Sollen wir uns das näher ansehen, Starbuck?«

»Dafür sind wir schließlich hier, Cora«, sagte er und stieß eine Rauchwolke aus. »Aber wenn sich herausstellt, daß diese unidentifizierten Schiffe Cyloner sind, werde ich mich so ganz ohne Waffen ziemlich nackt fühlen.«

»Ach was, wir sind schnell genug, um alles im Universum abzuhängen.«

»Das behauptest du.«

Cora schnaufte. »Du brauchst dir keine Sorgen zu machen, Liebling. Entspann dich, und ich fliege uns beide schnell mal rüber.«

»Na, Süßer?« fragte Cora.

Sie hatten abgebremst und flogen wieder mit Unterlichtgeschwindigkeit.

Starbuck betrachtete den Scannerschirm auf dem Instrumentenbrett. Geistesabwesend schnippte er die Asche von seiner Zigarre. »Beide sind ziemlich alt, richtige Antiquitäten.«

»Ich möchte dir nicht zu nahe treten, aber du solltest das Cockpit wirklich sauberer halten. Immerhin ist das ein brandneues Schiff, und du hast schon deine Asche –«

»Ruhig«, befahl er ihr. »Wir sollten uns auf das Wichtigste konzentrieren.«

Auf dem Schirm war eine uralte, angeschlagene Raumfähre zu sehen. Ihre Kennzeichnung war verblaßt, und sie absolvierte eine Reihe von unsicheren Ausweichmanövern, um den mindestens ebenso alten Jäger abzuhängen, der sie verfolgte und in wechselnden Abständen auf sie feuerte. Keines der beiden Schiffe hatte bis jetzt bemerkt, daß sich die Aufklärungsviper näherte.

»Ich schätze«, sagte der Computer, »daß die Fähre und der Jäger mindestens aus dem sechsten Jahrtausend stammen. Ich kann nicht einmal vermuten, von wem sie gebaut wurden.«

»Aber auf jeden Fall sieht es nicht so aus, als wären es Cyloner.«

»Es sei denn, die Cyloner hätten ihr Rüstungsbudget drastisch beschränkt.«

»Diese Fähre ist nicht bewaffnet, und mir gefällt es nicht, wenn ein unbewaffnetes Schiff von einem Jäger verfolgt wird.« Starbuck zog kurz an seiner Zigarre. »Und es versaut mir meinen ganzen Bericht über die Lebensformen in dieser Gegend, wenn sie sich gegenseitig umbringen.«

»Ich habe eine Idee, Bucky. Angenommen, wir –«

»Moment«, warnte Starbuck. »Nenn mich nie Bucky.«

»Wie denn sonst? Starsy?«

»Lieutenant Starbuck, Sir. Versuch es damit.«

»Zwei Wesen, die zusammen in einem kleinen und intimen Gefährt reisen, sollten nicht so förmlich miteinander umgehen.«

»Hör auf zu meckern, Cora, und komm endlich zum Wesentlichen.«

»Ich wollte soeben eine Hochgeschwindigkeitsphase vorschlagen, Lieutenant Starbuck, Sir«, äußerte der Computer. »Wir schalten innerhalb von fünfzig Metrons unseren zweiten Generator ein und drängen den Jäger vom Kurs ab. Außerdem wird ihm das einen ordentlichen Schrecken einjagen. Soll ich das Manöver ausführen?«

»Ich werde dir etwas sagen«, erklärte Starbuck und nahm das Steuer in die Hand. »Ich fliege diese Kiste ab sofort. Gib die Kontrolle frei.«

»Aber es wäre entschieden effizienter, wenn ich –«

»Gib sie frei, Kleine.«

Cora seufzte. »Kontrolle freigegeben.«

5

Der Pilot des klapprigen Jagdschiffes kauerte in seinem Sitz. Er war ein dunkelhäutiger, schlaksiger Mann von ungefähr dreißig Jahren und in eine rostbraune Tunika und eine Hose von derselben Farbe gekleidet. Sein langes schwarzes Haar hatte er mit einem grellroten Band im Nacken zusammengebunden. Auf seiner Tunika prangte ein sternförmiges Abzeichen.

Ein öliger, fettiger Gestank hing in dem engen Cockpit.

Ein dreckverschmierter Bildschirm zeigte das verschwommene Bild der verfolgten Fähre.

»Diesmal kommst du mir nicht davon, Robber«, versprach der Kampfpilot dem undeutlichen Bild in seinem Scanner.

Wieder tastete er mit seinen Fingern nach dem Auslöser für seine Geschütze.

»Das wird reichen, um… was ist los, zum Teufel?«

Etwas war dicht vor seinem Bug vorbeigezischt. Vielleicht ein anderes Kampfschiff. Das Schiff, das anders aussah als alles, war er in seinem Leben gesehen hatte, stieß eine Wolke hellweißen Rauchs aus seinen Triebwerken aus.

Benommen und verwirrt versuchte der Pilot ein Ausweichmanöver, das ihn aus der Gefahrenzone bringen sollte.

Als er seinen Jäger wieder unter Kontrolle hatte, war keine Spur mehr von der Fähre zu entdecken, die er verfolgt hatte. Und keine Spur von dem dritten Schiff, das so unvermittelt aus dem Nichts aufgetaucht war.

Mit zitternder Hand schaltete er sein Funkgerät ein. »Hier ist Croad«, gab er halb ärgerlich, halb fassungslos durch. »Ich habe den Kontakt verloren und fliege zurück nach Proteus.« Nach einem Augenblick fügte er hinzu: »Es könnte sein, daß wir Ärger bekommen.«

Starbuck grinste und zündete seine Zigarre wieder an.

Der Computer produzierte ein mißbilligendes Räuspern. »Warst du dir eigentlich im klaren darüber, mein Herzchen, daß du noch zweiundfünfzig Metrons entfernt warst, als du die Hilfsgeneratoren eingeschaltet hast?«

»So? Aber es hat ausgezeichnet geklappt, nicht wahr, Cora, meine Liebe?«

»Aber es war nicht exakt. Wenn ich die Kontrolle übernommen hätte, was immerhin meine Aufgabe ist –«

»Schwester, wir sollten ein für allemal klarstellen, wer hier der Boss in diesem Wunderwerk der Technik ist, damit –«

»Sollten wir uns nicht um unsere Arbeit kümmern? Ähem. Das Kampfschiff hat die Verfolgung aufgegeben und nimmt jetzt Kurs auf einen Asteroiden in einer Entfernung von sieben-eins Mectars«, verkündete Cora mit kühler, geschäftsmäßiger Stimme.

»Was ist mit der Fähre?«

»Die Fähre wurde beschädigt«, antwortete der Computer, »und ist auf dem Asteroiden direkt vor uns gelandet.«

Starbuck blies gedankenvoll eine Rauchsäule zur Kabinendecke hoch. »Wir sollten der Fähre folgen«, entschied er. »Ich bin verdammt neugierig, warum der Jäger so hinter ihr her war.«

»Darf ich die Landung vornehmen?« bat Cora. »Oder willst du eine Landung mit Schütteln, Hopsen, Quietschen und –«

»Weißt du, was Federn sind?«

»Selbstverständlich, Schatz. Ich weiß über alles Bescheid, weil –«

»Wenn ich diese Kiste auf diesen Asteroiden lande, wirst du glauben, du legst dich in ein Bett von weichen, daunigen Federn.«

»Das glaube ich erst, wenn –«

»Dann gib mir endlich die Position für den Landeanflug.«

»Position wird angegeben.«

Starbuck schlug die Zähne in seinen Zigarrenstumpen und konzentrierte sich auf die Landung.

Starbuck löste seinen Sicherheitsgurt und blickte durch das Verdeck hinaus. »Wie hat dir die Landung gefallen, Cora?«

»Passabel«, war die Antwort.

Der Asteroid war eine Einöde, übersät mit schwarzen, pockigen Felsen und grauem, dornigem Gebüsch. Ganz in der Nähe lag ein gähnender Höhleneingang, und es gab ein paar Anzeichen dafür, daß es vor langer Zeit einmal Minen auf dem Asteroiden gegeben hatte. Die Fähre war hinter der nächsten Anhöhe gelandet.

»Die Atmosphäre draußen ist annehmbar«, stellte Cora fest, »du wirst keine Atemgeräte brauchen.«

Er nickte. »Wie viele Leute befinden sich an Bord der Fähre?«

»Eine humanoide Lebensform. Keine Laserwaffen.«

Der Lieutenant tätschelte seine Pistolentasche und sagte: »Ich schätze, ich gehe am besten hinüber und stelle mich vor. So wie das gute Nachbarn tun.«

»Sei vorsichtig.«

»Deine Fürsorge rührt mich.«

»Ich brauche dich nicht, um zurückzufliegen, Schatz«, erklärte ihm der Computer. »Aber wenn ich mit einer Leiche an Bord auf die *Galactica* zurückkehre, wirft das ein schlechtes Bild auf –«

»Keine Angst, Cora. Ich bin fest dazu entschlossen, in bester Verfassung zurückzukommen.« Er öffnete das Verdeck.

»Alle Systeme außer dem Ortungsstrahl auf Standby schalten.« Starbuck trat aus der Viper. Als sein Fuß den felsigen Boden berührte, schloß sich das Verdeck fast geräuschlos hinter ihm. Er zog seine Schultern hoch. Es war kalt. Der Himmel war ein sternenübersätes schwarzes Tuch. Der zurückgelassene Minenroboter neben der Höhle lag auf der Seite, und Schlingpflanzen wucherten über seinen rostigen Panzer.

Starbuck war immer noch einige Meter von der gelandeten Fähre entfernt, die Laserpistole in der Hand, als er ein metallisches Donnern hörte. Er näherte sich vorsichtig.

Das Schiff war wirklich ein Relikt. Die Hülle war zerkratzt und verbeult. Zwei Stiefel ragten unten aus dem Schiffsbauch heraus. Von dort kam auch das Donnern. Eine offene Werkzeugkiste lag zwischen den beiden Beinen.

»Bist du nur zum Glotzen gekommen?« fragte der Besitzer der beiden Füße. »Oder könntest du mir vielleicht behilflich sein?«

Starbuck trat einen Schritt zurück. »Helfen«, brachte er schließlich hervor.

»Dann reich mir den verdammten Deltoidschraubenschlüssel dort, ja?« Aus dem Schiffsbauch glitt eine großgewachsene, schlanke junge Frau von vielleicht zweiundzwanzig Jahren. Ihre Hosen waren mit weißer Farbe besprenkelt. Durch ein Loch in ihrer Tunika schimmerte dunkle Haut, und ihre Jacke sah aus, als hätte sie eben erst einen Großbrand überstanden. Aber die Frau war hübsch, und sie hatte langes, dunkles Haar. »Hast du mich inzwischen genug begafft?«

Starbuck dachte über ihre Frage nach. »Für den Augenblick schon«, antwortete er und reichte ihr das Werkzeug, nach dem sie verlangt hatte.

Die junge Frau wischte sich mit dem Handrücken über ihre schweißnasse Stirn und zog dabei einen frischen Schmutzstreifen. »Das sollte genügen. Der Schaden, den ich mit meiner Bruchlandung angerichtet habe, ist fast wieder behoben«, stellte sie fest, gab dann der Fähre einen Tritt und warf Starbuck den Elektroschraubenschlüssel zu, den sie benutzt hatte. »Pack das ein, ja?«

»Wer war Ihnen denn auf den Fersen?« Er legte den Schraubenschlüssel in die Werkzeugkiste.

Sie zuckte mit den Achseln. »Piraten. Wahrscheinlich aus dem Hohne-System«, antwortete sie. »Es sind häßliche, widerwärtige Söldner. Ich hätte es besser wissen müssen und mir die Abkürzung durch diesen Asteroidengürtel lieber sparen sollen.« Sie streckte ihm die ölverschmierte rechte Hand entgegen. »Übrigens, ich heiße Robber.«

»Robber? Das ist nicht gerade ein besonders weiblicher Name –«

»Wie heißt du?«

»Starbuck.«

Robber zuckte mit einer Achsel und kämmte sich dann mit den Fingern ihr dunkles Haar zurück. »Dein Name ist auch nicht gerade schön«, bemerkte sie. »Jedenfalls vielen Dank, daß du diesen Mistpiraten verscheucht hast.« Sie zerrte die Tür ihrer Fähre auf und griff hinein.

Starbucks Hand zuckte automatisch zu seinem Halfter.

»Keine Angst, Starbuck«, beruhigte ihn die junge Frau lachend.

»Ich habe nichts gegen dich vor. Möchtest du etwas zu trinken?«

»Naja, nachdem ich dir so viel geholfen habe... was ist das für Zeug?«

Sie zauberte eine Flasche mit dunkelbrauner Flüssigkeit aus ihrer Kabine hervor, entkorkte sie und nahm einen Schluck. »Ambrosa«, antwortete sie, während sie die Flaschenöffnung mit einem zerrissenen Jackenärmel abwischte. »Gibt es das dort, wo du herkommst, etwa nicht?«

»Doch, schon, aber es ist sehr teuer und...« Er nahm die Flasche und trank. »Hey, das Zeug ist sogar alt. Woher hast du –«

»Ach, das ist nur ein kleiner Bonus, den mir mein Chef gewährt hat«, erklärte ihm Robber. »Und jetzt, Starbuck, bringe ich lieber meine Ladung Ackergeräte zu den Farmern auf Croton. Sonst ist es aus mit den Bonussen.«

Starbuck nippte noch einmal an der Flasche. »Das Zeug schmeckt phantastisch«, gestand er.

»Du kannst die Flasche behalten.«

»Oh, danke.«

»Immerhin hast du mich davor bewahrt, gekapert zu werden«, bemerkte sie. »Oder vor etwas Schlimmerem. Manche von diesen Piraten arbeiten mit Sklavenhändlern zusammen.« Sie warf ihm den Korken zu.

»Ich möchte gern wissen –«

»Weißt du, Starbuck, ich glaube, ich habe noch genug Zeit, um mir dein Schiff anzusehen«, unterbrach ihn die junge Frau. »Ich habe es vorhin nur ganz kurz wahrgenommen, aber ich glaube, so etwas ist mir noch nie untergekommen.«

»Es ist zwar anders, das stimmt, aber –«

Robber lachte wieder. »Du vertraust mir nicht?«

»Okay, komm«, forderte Starbuck sie auf. »Ich mache eine Kurzführung extra für dich.«

Während sie neben ihm zu seiner Viper ging, fiel ihm auf, daß sie ebenso groß war wie er selbst.

Als sie an der verlassenen Mine vorbeikamen, fragte Starbuck: »Hat dieser Asteroid eigentlich einen Namen oder –«

»Frag mich nicht, Starbuck, ich fliege hier nur durch.«

»Aber du wußtest, wo du landen kannst.«

»Mann, mit einem alten Kahn wie meinem mußt du das wissen«, erklärte sie. »Ich habe mir überall auf meiner Route Notlandepunkte gesucht. Aber ich weiß nichts über ihre Lokalgeschichte.«

Sie hatten die Viper erreicht, und Starbuck öffnete das Verdeck. »Willkommen in meiner bescheidenen Hütte.« Er machte eine einladende Geste.

Sie stellte sich neben ihn und blickte hinein. »Verdammt, das ist wirklich heiß«, gab sie bewundernd zu. »Der letzte Schrei, und alles in ausgezeichnetem Zustand.«

»Bevor du zu deiner Fähre zurückgehst«, hob er von neuem an, »möchte ich dir ein paar Fragen stellen –«

»Ich habe leider keine Zeit zum Plaudern«, entschuldigte sie sich. »Aber, weißt du was?« Bring mich zu meiner Fähre, dann grab' ich noch eine Flasche Ambrosa für dich aus.«

»Noch eine?«

»Du kannst sie gerne haben. Eine Art Souvenir an unsere Begegnung.«

»Das ist aber mächtig fürsorglich von dir.« Er drehte sich um, bereit, zu ihrem Schiff zu gehen.

Und in diesem Augenblick traf ihn etwas Kaltes und Metallisches genau hinter dem Ohr.

6

Die junge Frau trat von Starbucks reglosem Körper zurück. Sie stemmte die Hände in die Hüften und sagte: »Tut mir leid, du scheinst ein netter Junge zu sein. Aber Croad sitzt höchstwahrscheinlich noch da draußen und wartet auf mich, und ich brauche ein Schiff, das wesentlich schneller ist als meine alte Fähre.«

Sie beugte sich zu ihm hinunter, packte ihn unter den Achseln und schleifte ihn über den Felsboden, bis er in sicherer Entfernung von der

Viper war. Dann drehte sie sich um und ging zum Schiff zurück.

Robber kletterte ins Cockpit. Nachdem sie die Zigarrenasche vom Sitz gefegt hatte, setzte sie sich vor die Instrumente.

Sie warf einen letzten Blick auf Starbuck und schloß dann das Verdeck. »Du wirst hier schon durchhalten, bis wir die Ladung holen«, tröstete sie ihn. »Aber im Augenblick bin ich vollauf damit beschäftigt, mir Croad vom Hals zu halten.«

Sie lehnte sich im Sitz zurück und studierte die Instrumente. Sie runzelte die Brauen und trommelte mit ihren ölverschmierten Fingern auf das Instrumentenbrett. »Klar kann ich dieses Ding fliegen«, entschied sie nach ein paar Augenblicken. »Hat sogar einen stimmenaktivierten Computer. Hey, aufwachen!«

»Sind wir flugbereit, Starbuck?« fragte Cora.

»Kannst du diese Kiste fliegen?«

»Wer zum Geier sind Sie?«

»Das ist nicht wichtig. Einfach –«

»Wo ist Starbuck? Was haben Sie mit ihm gemacht, Sie Flittchen?«

Robber stöhnte entnervt. »Vergiß es. Ich fliege selbst.«

»Ich hätte es wissen müssen. Ich brauche ihn nur aus den Augen zu lassen, und schon fängt er ein Techtelmechtel mit einer strohköpfigen –«

»Aus. Schalte dich aus.«

»Erst, Schwester, erzählen Sie mir alles, was –«

»Aus«.

Der Computer, der darauf programmiert war, Befehle zu befolgen, schaltete sich aus.

Robber rieb sich die Hände. »So, und jetzt wollen wir mal sehen, ob ich wirklich ein erstklassiges Schiff fliegen kann.«

Commander Adama wanderte über die Brücke, bis er neben Athena stand. »Was sind die letzten Nachrichten von Lieutenant Starbuck?«

»Der Ortungsstrahl läßt darauf schließen, daß die Aufklärungsviper wieder in den Orbit steigt.«

»Ausgezeichnet«, bemerkte der Commander zu seiner Tochter. »Laß ihn nicht aus den Augen. Vielleicht ist er etwas auf der Spur.«

»Wahrscheinlich einer Blondine.«

»Was heißt das?«

»Verzeihung, ich habe nur laut gedacht. Ich wollte nicht... Einen Augenblick. Es ist etwas geschehen.«

Er legte eine Hand auf ihre Schulter und beugte sich tiefer über den Bildschirm. Mit ernstem Gesicht las er die ausgedruckte Information durch und sagte dann: »Das verstehe ich nicht.«

»Ein Langstreckenfunkspruch wird von Starbucks Viper ausgesandt.«

»Langstrecke?«

»Auf einem schmalen Band«, antwortete sie. »Es... es scheint sich um eine Art von Code zu handeln. Aber nicht zerhackt.«

Colonel Tigh kam zu ihnen. »Was zum Teufel hat Starbuck vor?«

»Vielleicht«, vermutete Adama, »ist sein Kurzwellentransmitter ausgefallen.«

»Das wäre eine Möglichkeit«, pflichtete Athena bei. Sie strich sich über die Wange, während sie den Bildschirm beobachtete. »Aber warum sollte er dann einen unbekannten Code verwenden? Und warum läßt er die Nachricht nicht zerhacken?«

»Ich würde vorschlagen«, bemerkte Tigh, »daß wir die cylonischen Codes überprüfen.«

Adama nickte. »Wir dürfen keine Möglichkeit außer acht lassen.«

Athena gab ihrem Computer die nötigen Instruktionen ein. Ein paar Augenblicke verstrichen, dann kam die Antwort. »Was immer auch das für ein Code ist, er gehört nicht zu den bekannten cylonischen Codes«, meldete sie. »Das heißt, Starbucks Schiff wurde jedenfalls nicht vom Feind gekapert –«

»Es besteht trotzdem die Möglichkeit«, verbesserte Colonel Tigh, »daß ein Fremder Starbucks Viper gestohlen hat. Ob es ein Cyloner oder ein Sympathisant ist, wissen wir im Augenblick noch nicht. Aber wir müssen uns auf jeden Fall klar darüber sein, daß Starbuck wahrscheinlich nicht die Kontrolle über das Schiff hat.«

»Es könnte auch Starbuck sein«, erwiderte Athena, »der diese Botschaft aussendet, Colonel. Gut, wir wissen nicht, warum er diesen speziellen Code verwendet, aber vielleicht –«

»Selbst wenn das keine Botschaft an die Cyloner ist, Athena«, gab Tigh zu bedenken, »dann kann sie dieser Strahl trotzdem in diese Galaxie führen.«

»Ich glaube, es ist noch zu früh für eine derartige Schlußfolgerung –«

»Wir müssen diese Übertragung unterbrechen«, erklärte Colonel Tigh ruhig.

Athena sagte nichts, sondern blickte nur hoch zu ihrem Vater.

Commander Adama nickte. »Alarmiere Apollo.«

Lieutenant Boomer eilte über das Landedeck auf Captain Apollo zu. »Was zum Teufel geht hier vor?«

»Wir haben einen ziemlich vertrackten Auftrag bekommen«, antwortete Apollo.

»Ja, das weiß ich.« Der schwarze Lieutenant warf einen kurzen Blick auf die beiden Schiffe, die soeben startklar gemacht wurden. »In was für einem Schlamassel steckt Starbuck denn diesmal?«

»Das sollen wir herausfinden.«

»Gut, aber sie haben uns wohl die falschen Instruktionen gegeben, oder?« fragte Boomer. »Wir sollen uns bereithalten, Spähviper Eins zu zerstören. Und was ist, wenn Starbuck noch in dem verdammten Ding sitzt?«

»Es sieht nicht danach aus.«

»Was heißt das denn?«

Apollo setzte sich in Richtung auf die fast zum Start bereiten Schiffe in Bewegung. »Ich wünschte, ich wüßte es«, klagte er. »Aber es könnte sein, daß... daß er tot ist. Daß jemand sein Schiff –«

»Ach komm. Starbuck ist nicht so leicht umzubringen.« Boomer marschierte neben dem Captain. »Wir müssen versuchen, eine Verbindung zu dem Schiff herzustellen, wenn wir es gefunden haben – herausfinden, was dort eigentlich vorgeht.«

»Das Beste, was wir tun können, mein Freund, ist, ihm die Gelegenheit zu geben, sich zu identifizieren«, überlegte Apollo. »Wenn er das nicht tut, müssen wir annehmen, daß die Viper gekapert wurde. Und dann müssen wir sie zerstören.«

»Vielleicht hat sie jemand gekapert und hält ihn darin gefangen. Wenn wir –«

»Mir gefällt diese Geschichte auch nicht besser als dir«, sagte Apollo und blieb vor seinem Schiff stehen. »Wenn Starbuck nicht in dem Schiff ist und wir es zerstören, werden wir nie erfahren, wo er sich befindet. Aber unglücklicherweise sind wir Krieger, und Krieger müssen ihre Befehle ausführen.«

»Hör zu, diese Viper ist nicht einmal bewaffnet. Wenn sie also jemand gekapert hat, kann er nicht einmal –«

»Sie war nicht bewaffnet, als sie die *Galactica* verlassen hat, Boomer. Wir wissen nicht, in welchem Zustand sie jetzt ist.«

»Ich halte es für ziemlich unwahrscheinlich, daß jemand –«

»Wir dürfen nicht zulassen, daß das Schiff in die Hände des Feindes fällt«, ermahnte ihn Apollo. »Und wenn jemand es Starbuck weggenommen hat, müssen wir annehmen, daß es sich dabei um einen Feind handelt.«

Boomer trollte sich zu seinem Schiff. »Verdammt«, fluchte er.

7

Starbuck gab einen unartikulierten Laut von sich.

Es war ein unanständiges Geräusch, das vermuten ließ, daß er mit seiner gegenwärtigen Lage nicht zufrieden war. Er war gerade zu sich gekommen und hatte entdeckt, daß er auf dem Bauch, das Gesicht nach unten, im Staub eines winzigen Asteroiden mitten im Nichts lag. Außerdem brummte ihm der Schädel.

»Dieser miese weibliche Ölaffe«, murmelte er, während er sich vorsichtig aufsetzte. Sein Magen begann sofort Loopings zu drehen.

Neben ihm lag der verschüttete Ambrosa.

Starbuck gab wieder einen unglücklichen Laut von sich und stand auf.

Langsam drehte er sich zu seiner Viper um.

»Mist«, bemerkte er.

Das Schiff, zusammen mit Cora, war verschwunden. Starbuck blickte hinauf in den schwarzen Himmel. »Aus reinem Mitgefühl bin ich gelandet, um einer Dame aus ihren Schwierigkeiten zu helfen«, dachte er voll Selbstmitleid. »Ich will eine gute Tat tun, und was erhalte ich zum Dank? Einen Schlag auf den Kopf.« Äußerst zaghaft berührte er die Stelle, an der ihn Robber getroffen hatte.

»Ich hätte es besser wissen müssen«, murmelte er und begann, im Kreis herumzulaufen. »Einer Frau zu trauen, deren Name ›Räuber‹ bedeutet. Jetzt, wo ich darüber nachdenke, glaube ich nicht, daß dieser Name besonders vertrauenerweckend ist. Aber ich, ich öffne mein Schiff, zeige ihr die luxuriöse Innenausstattung und drehe ihr dann auch noch den Rücken zu.«

Er trat nach der leeren Ambrosaflasche.

»Ich habe mich wie ein grüner Junge angestellt. Ich trinke zusammen mit einer Fremden und lasse mir von ihr über den Schädel hauen. Wahrscheinlich habe ich noch Glück gehabt, daß sie mir meine Hosen gelassen hat.«

Dann entschied er, daß er sich genug bemitleidet hatte und daß es unsinnig war, auf Robber böse zu sein. Das brachte ihn beides nicht weiter.

»Aber sie war hübsch.«

Es waren genau die Gedanken, welche ihn überhaupt in Schwierigkeiten gebracht hatten. Wäre Robber ein unrasierter männlicher Raumtramp gewesen, hätte er ihm auf keinen Fall den Rücken zugewandt.

»Und jetzt, du Weltmeister«, ermahnte sich Starbuck selbst, »solltest du sehen, daß du irgendwie von diesem hübschen Fleckchen wegkommst.«

Er lief über die Anhöhe zu Robbers Fähre. Sie stand immer noch da.

»Vielleicht kann ich diese Dame aufspüren und ihr meine Viper wieder abknöpfen«, sagte er zu sich selbst, während er die Kabinentür der Fähre öffnete. »Ja, das muß ich wohl versuchen. Weil ich, verdammt noch mal, keine Lust habe, in diesem Ding zurück zur *Galactica* zu humpeln und dem Commander zu erzählen, daß mir ein Mädchen, das noch nicht mal richtig erwachsen ist, mein Schiff gestohlen hat.«

Die Kabine war nicht gerade heimelig. Es roch nach Öl, Treibstoff und Staub. Ein tönerner Blumentopf mit einer geranienähnlichen Pflanze klemmte hinter dem Instrumentenbrett. Ein rotes Band war um das Mikrophon geschlungen.

»Wenn ich diese Mühle fliege, werde ich mir vorkommen wie bei einem Schauflug für Fluggeräte aus den Kindertagen der Raumfahrt.«

Er zündete sich eine frische Zigarre an und ließ sich im Pilotensitz nieder.

Die Kontrollen waren einfach, fast primitiv, und problemlos zu bedienen.

Es gab nur eine Schwierigkeit. Starbuck gelang es einfach nicht, die verdammte Fähre zu starten. Dann ging ihm auf, daß Robber, die wahrscheinlich von Anfang an vorgehabt hatte, sein Schiff zu stehlen, nur so getan hatte, als würde sie die Fähre reparieren.

»Schon wieder reingelegt«, seufzte er und blies eine Rauchwolke in die Luft.

Starbuck hatte den Schaden an den Triebwerken der alten Fähre gerade repariert. Er glitt unter dem Bauch der Kiste hervor, um sich einen neuen Schraubenzieher zu holen.

»Ich könnte sie noch einholen, wenn... huch!«

Ein schlaksiger, wettergegerbter Mann in rostbrauner Kleidung stand neben der Fähre. Ein silberner Stern prangte auf der linken Brusttasche seiner Jacke, und in seiner Hand lag eine Laserpistole. »Sie sind fremd hier«, sagte er.

»Das bin ich, ja. Ein Tourist, um genau zu sein, der nur zufällig Ihre liebenswerte Galaxie durchquert.«

»Wo ist Robber?«

»Das würde ich selbst gern wissen, Mr....?«

»Croad. Ordnungsbeamter Croad.«

»Ich bin Starbuck«, erwiderte er und versuchte, ein freundliches und herzliches Lächeln auf seine Lippen zu zaubern. »Wissen Sie, ich bin hier mit meinem eigenen Schiff gelandet, um festzustellen, was mit dieser Fähre los ist und... naja, und jetzt bin ich sozusagen gestrandet. Darum versuche ich, diese Kiste zu reparieren –«

»Wo ist Robber?«

»Ich sagte Ihnen schon, ich weiß es nicht«, wiederholte Starbuck.

»Vielleicht werden Sie gesprächiger, wenn ich Sie nach Proteus bringe.«

»Das wage ich zu bezweifeln«, entgegnete Starbuck. »Die Dame hat sich mein Schiff ausgeliehen. Ich habe wirklich keine Ahnung, wohin sie damit will. Sie sind der zuständige Gesetzesvertreter, nicht wahr?«

»Wollen Sie mir weismachen, Sie wüßten das nicht?« Croad lachte dünn und blechern.

»Wie ich Ihnen bereits erklärt habe, befinde ich mich nur auf der Durchreise, Croad, und deshalb habe ich –«

»*Ordnungsbeamter* Croad.«

»Ordnungsbeamter Croad. Jedenfalls bin ich vollkommen fremd hier«, versuchte ihn der Lieutenant zu überzeugen.

»Und ich vermute, Sie wissen nicht einmal, was in dieser Fähre transportiert wird?«

»Oh, doch, das weiß ich«, antwortete Starbuck mit einem strahlenden Lächeln. »Farmwerkzeuge.«

»Hinein.« Croad schwenkte mit seiner Laserpistole zur Einstiegsluke hin.

»Gern, aber –«

»Hinein, Starbuck. Und zwar sofort.«

Mit einem Achselzucken gab er sich geschlagen. »Es ist nicht besonders gemütlich hier drinnen, nicht wahr? Ich persönlich bevorzuge –«

»Öffnen Sie ganz langsam und vorsichtig die Tür zum Laderaum.«

»Okay.« Starbuck ging hinüber zu der Metalltür und zog sie auf. Im Laderaum stapelten sich Dutzende von Kisten, alle mit dem Aufdruck *Agrowerkzeug.*

»Sehen Sie? Genau, wie ich es Ihnen gesagt habe.«

»Holen Sie eine von den Kisten heraus.«

Starbuck hob eine von ihnen hoch und schleppte sie ins Freie. »Merkwürdig, daß Farmwerkzeuge gluckern, wenn man sie hochhebt«, bemerkte er, als er die Kiste auf dem Boden abgestellt hatte.

»Nehmen Sie die Brechstange aus Ihrem Werkzeugkasten«, befahl Croad. Er deutete mit dem Lauf seiner Waffe darauf. »Öffnen Sie sie.«

»Wissen Sie, ich habe schon einmal landwirtschaftliche Werkzeuge gesehen«, wehrte Starbuck zögernd ab. »Ich finde sie nicht besonders aufregend.«

»Öffnen Sie die Kiste. Und hören Sie auf zu reden.«

»Gut.« Er stemmte mit der Brechstange den Kistendeckel auf. »Verdammt.«

In der Kiste waren keine Werkzeuge. Statt dessen blickte er auf acht volle und auf Stroh gebettete Flaschen Ambrosa.

»Sie wissen, welche Strafe auf Schmuggel steht?« fragte der Ordnungshüter.

»Nein, aber ich wette, ich werde es bald erfahren«, antwortete Starbuck.

8

Starbuck beugte sich hinunter und hob die Kiste hoch, in der sich keine landwirtschaftlichen Werkzeuge befanden. »Ich vermute, Sie wollen das als Beweisstück mitnehmen«, sagte er und hielt sie dem Gesetzeshüter entgegen.

»Stellen Sie sie ab«, befahl Croad. »Ich schicke eine Mannschaft hierher, die die ganze verdammte Ladung abholt.«

»Aber glauben Sie nicht, wir sollten lieber wenigstens eine Kiste in Ihrer –«

»Nein. Stellen Sie sie ab, Starbuck.«

»Na gut.« Er gab vor zu stolpern und ließ die schwere Kiste direkt auf Croads Fuß fallen.

»Sie verdammter –«

Starbuck tauchte nach unten weg und stürzte sich auf ihn. Croad hatte seine Waffe zur Seite geschwenkt, als die Kiste auf seinem Fuß landete. Bevor er sie wieder auf Starbuck richten konnte, stieß ihm der Lieutenant seinen Ellenbogen in die Magengrube. Dann packte er Croads Handgelenk.

»Normalerweise respektiere ich das Gesetz«, sagte Starbuck entschuldigend, »aber...«

Er setzte einen Armhebel an und warf Croad zu Boden.

Beim Aufprall puffte die Luft aus Croads Lungen. Starbuck entwand ihm die Laserpistole und warf sie außer Reichweite. Dann versetzte er dem Kinn des Ordnungshüters zwei eindrucksvolle Haken.

Der Körper des schlaksigen Polizisten erschlaffte, und er blieb reglos auf dem Rücken liegen.

Nachdem er die Laserpistole wieder aufgehoben hatte, schleppte Starbuck den bewußtlosen Mann hinüber zur Fähre. »Ich glaube, ich habe da drin irgendwo ein Seil gesehen, das dich eine Zeitlang beschäftigen wird«, sagte er. »Und nachdem in dieser Gegend der Raumschiffverleih so floriert, werde ich mir dein Schiff nehmen und versuchen, die junge Dame ausfindig zu machen, die mich in diesen ganzen Schlamassel gebracht hat.«

»Was für eine Mühle«, kommentierte Starbuck, während er dem geliehenen Kampfschiff die Landeinstruktionen einprogrammierte.

Es war ihm gelungen, mit dem altmodischen Ortungssystem im Schiff des Polizisten seine vermißte Viper auszumachen. Das Schiff war auf einem üppigen grünen Planetoiden gelandet.

»Ich würde die diebische Dame wirklich gerne wiedertreffen«, murmelte er vor sich hin, während er sich die nächste Zigarre anzündete. »Donnert mir auf meine Denkkappe und läßt mich mit ihrer abgewrackten Kiste auf einem trostlosen Asteroiden zurück. *Und* mit einer heißen Ladung Ambrosa.«

Er fragte sich, wo das Zeug wohl herkommen mochte. An Ambrosa von dieser Qualität war nicht leicht heranzukommen, und dieses doppelzüngige Mädchen ratterte mit einer ganzen Schiffsladung davon herum.

»Was das wohl auf dem offenen Markt wert sein mag?«

Starbuck sah sich für einen winzigen Augenblick schon als reicher Ambrosaschmuggler. Mit einer ganzen Fähre davon konnte er leicht ins Geschäft einsteigen und...

»Nein, ich habe da ein ganz spezielles Handicap«, ermahnte er sich selbst. »Ich bin zu ehrlich, verdammt noch mal.«

Er schwebte über Felder von Getreide und hohem, fast orangefarbenem Gras, das sanft in der leichten Brise wogte. Und dort, auf einer Lichtung zwischen den Feldern und einem dichten Wald, stand seine Viper.

Starbuck zog zufrieden an seiner Zigarre. »Jetzt habe ich dich, Robber.«

Starbuck setzte ungefähr hundert Meter von seinem Spähschiff entfernt auf. Er blieb einen Augenblick lang in der Kabine und suchte mit zusammengekniffenen Augen die Umgebung ab.

Ein Windzug wehte durch die Wiese links von ihm. Zu seiner Rechten stand der hohe, schweigende Wald. Über ihm zogen drei blaßgrüne Vögel ihre ruhigen Kreise.

»Okay, Zeit für das große Duell, und dann ist Ruhe.« Er kletterte aus dem Jagdschiff, die gezogene Waffe in der Hand, und blieb stehen, das Gesicht der Viper zugewandt.

Das Verdeck war hochgeklappt. Kein Lebenszeichen war wahrzunehmen.

Vorsichtig näherte sich Starbuck dem Schiff. Die grünen Vögel über ihm gellten und schrien. Die Landschaft wirkte leer und verlassen.

»Wo zum Teufel steckt sie?«

Er stakste langsam zum Cockpit, mit angehaltenem Atem, und blickte hinein.

Es war leer.

»Cora«, sagte er zu dem Computer, »was ist passiert?«

»Bist du das, Starbuck?« fragte der Computer zurück.

»Wer sonst?«

»Da fällt mir ein Stein vom Herzen. Ich dachte wirklich, diese fürchterliche Fuchtel hätte –«

»Wo ist sie?«

»Bist du okay, Schatz? Ich habe Höllenängste ausgestanden, weil ich nicht wußte, ob sie dich fertiggemacht oder einfach nur sitzengelassen hat. Ich habe hier gesessen und mir Gedanken darüber gemacht, wie ich die Viper reparieren könnte, um zurückzufliegen und –«

»Reparieren?«

»Du brauchst dir keine Sorgen zu machen, Schatz. Es war nur ein sehr kleiner, unbedeutender Schaden, der entstanden ist, als ich das Schiff hier landen ließ statt –«

»Du hast es hier landen lassen?« Er kletterte ins Cockpit.

»Das muß ich dir erzählen«, erklärte ihm der sprechende Computer. »Es war ein schwerer Konflikt. Auch wenn ich ein Computer bin, unterliege ich doch den Gesetzen der Elektronik. Ich war hin- und hergerissen zwischen meiner Pflicht, ihr zu gehorchen und –«

»Du meinst, du hast den Flug sabotiert, nachdem sie diese Kiste gekapert hat?«

»Ich fühlte mich furchtbar dabei, vor allem, weil ich so etwas gar nicht können dürfte. Aber sie war nicht du, und darum habe ich –«

»Wohin wollte sie denn?«

»Auf diesen Planetoiden, aber hundert Meilen weiter südlich. Aber ich habe ihr diesen kleinen Plan verpatzt. Ich wollte, daß diese Göre glaubt, das Schiff wäre kurz vor dem Absturz, damit sie aussteigt und ich –«

»Wo ist sie jetzt, was hast du mit ihr gemacht?«

»Höre ich da Besorgnis? Wie kannst du Mitleid haben mit so einem widerwärtigen –«

»Sag mir einfach, wo sie ist.«

»Auf dem Weg nach Hause, zu Fuß«, antwortete Cora. »Das habe ich herausgehört, als sie über mich und das Schiff hergezogen hat. Sie will ein paar von ihren Kumpanen holen und die Viper reparieren. Aber darauf verlasse ich mich nicht. Ich bezweifle, daß sie es nach Hause schafft.«

Starbuck atmete eine Rauchsäule aus. »Warum nicht?«

»Diese Gegend ist offensichtlich verbotenes Territorium für sie. Das heißt, es ist fast sicher, daß sie von einer rivalisierenden Bande getötet wird... Es tut mir leid, ich habe keine Details, aber das ist auch nicht so wichtig. Eine kleine Gruppe kämpft gegen die andere. Das ist der Lauf der Welt«, sagte Cora. »Nun, nachdem sie endlich aus dem Weg ist, sollten wir die Viper reparieren und –«

»Du hast das Kind allein in der Wildnis gelassen?«

»Starbuck, sie ist dein Feind. Hast du das vergessen?«

Er wand sich. »Auf gewisse Weise ja«, gab er zu. »Aber zum Teufel, Cora, ich kann nicht zulassen, daß Robber getötet wird. Sie ist eine Gesetzlose, das stimmt, aber –«

»Robber? Du willst mir doch nicht erzählen, daß dir eine Kröte mit dem Namen Robber den Kopf verdreht hat?«

»Das ist nur ein Spitzname. Und unter dem rauhen, ölverschmierten Äußeren verbirgt sich eine junge Frau, die –«

»Eine junge Frau, die dich fast umgebracht hätte und dir dein Schiff gestohlen hat.«

»Ach, sie hat gar nicht so fest zugeschlagen. Und an ihrer Stelle hätte ich vielleicht –«

»Ich traue meinen Ohren nicht.«

»Du hast keine Ohren.«

»Bildlich gesprochen. Als Krieger müßtest du jetzt nichts anderes im Kopf haben als den Wunsch nach Rache und Vergeltung.«

»Um die Wahrheit zu sagen, Cora, das hatte ich auch«, sagte er. »Aber... nein, mir gefällt der Gedanke nicht, daß sie allein in der Wildnis da draußen herumirrt.«

»Du kannst nicht so töricht sein, ihr nachgehen zu wollen und –«

»In gewisser Weise ist es unsere Schuld, daß sie in Gefahr ist, und darum –«

»Gut, angenommen, du folgst ihr. Was immer in diesem Urwald darauf wartet, sie zu töten, wird dich auch nicht verschonen.«

»Aber ich kann mich selbst –«

»Wie bist du eigentlich hierher gekommen?«

»Ich habe mir das Jagdschiff eines Gesetzeshüters ausgeborgt. Das andere Schiff, das uns begegnet ist.«

»Ein Gesetzeshüter? Du meinst, du hast dich schon mit der Polizei angelegt und –«

»Wie lange ist sie schon fort?«

»Noch nicht lange. Höchstens ein paar Augenblicke. Sie ist Richtung Süden gegangen. Du wirst ihre Spur ohne große Schwierigkeiten –«

»Okay, du wartest hier, Cora. Es wird nicht lange dauern.«

»Starbuck«, hob sie nochmals an, als er sich auf den Weg machen wollte. »Es gibt noch etwas, was du wissen solltest.«

»Noch mehr nette Neuigkeiten?«

»Sie hat einen Langstreckenfunkspruch ausgeschickt.«

»Wohin? Wem?«

»An wen ist die korrekte –«

»Sag schon.«

»Sie versuchte, mit dem Planeten Aeries Kontakt aufzunehmen.«

»Aber der wird von den Cylonern kontrolliert. Sie kann doch kein Agent für diese –«

»Ich persönlich glaube nicht, daß sie ein Agent der Cyloner ist, trotz ihrer anderen unangenehmen Eigenschaften. Ich habe den Eindruck, sie weiß noch nicht einmal, daß sie den Planeten eingenommen haben«, sagte Cora. »Der Code, den sie benutzt hat, gehört nicht zu den cylonischen Codes, auch wenn ich ihn bis jetzt noch nicht geknackt habe.«

Starbuck kratzte sein blondes Haar und stellte dann fest: »Die Sache wird immer verrückter.«

»Am besten, wir vergessen den Vorfall und verschwinden sofort von diesem Planetoiden«, schlug der Computer vor. »Die Cyloner könnten das Signal geortet haben und ein paar von ihren Kampfschiffen hierherschicken.«

»Das ist möglich, aber ich muß das Mädchen finden.« Er entfernte sich vom Schiff. »Bis bald.«

»Du bist wirklich sehr unvorsichtig«, rief ihm Cora nach.

Er verschwand.

9

Der Wald schloß sich um Starbuck. Die farbigen verschlungenen Äste der hohen Bäume bildeten ein dichtes Gewebe über ihm und ließen kaum Licht durch. Das Unterholz in allen grünen und orangen Schattierungen bildete ein undurchdringliches Geflecht zu beiden Seiten des schmalen Pfades, den er entlanglief. Tief im Wald, fast verloren zwischen den dunklen, dicken Baumstämmen, hörte er das Geraschel von kleinen Tieren und die dünnen Schreie unbekannter Vögel.

»Nicht gerade meine Vorstellung von einem idealen Urlaubsort«, ermutigte sich der Lieutenant selbst.

Vielleicht war sein Vorhaben, wie Cora so berechnend festgestellt hatte, tatsächlich eine Torheit. Robber schien immerhin eine selbständige junge Frau zu sein. Sie konnte höchstwahrscheinlich auf sich selbst aufpassen, auch in, wie der Computer meinte, feindlichem Gebiet.

»Ich würde gerne wissen, wie feindlich es eigentlich ist«, überlegte Starbuck, während er den Waldpfad entlangeilte. »Wilde Tiere, wilde Menschen... oder was?«

Starbuck lief eine Weile weiter durch die schattige Stille, bis er eine unförmige Gestalt vor sich liegen sah. Er zog seine Laserwaffe und schlich leise darauf zu.

»Müll«, sagte er einen Moment später.

Es war ein verlassener Traktor in einem Graben neben dem Weg, vollkommen verrostet und von knorrigen, großblättrigen Weinranken überwuchert.

Direkt hinter dem alten Traktor endete der Wald, und weite Felder erstreckten sich vor ihm. Früher einmal mußte das Ackerland kultiviertes Land gewesen sein. Aber das war schon lange her, und der Wald hatte das Gebiet bereits zum Teil zurückerobert. Die Felder waren mit hohem Gras und jungen Bäumen bewachsen.

Ungefähr eine Viertelmeile rechts von ihm standen drei niedrige, geduckte Gebäude. Starbuck beschloß, sie sich einmal anzusehen.

Auf dem kleinsten der drei Gebäude war in verwitterten und fleckigen Buchstaben zu lesen: *Raumfarm GmbH/Pflanzung 4A.*

»Das Geschäft scheint nicht zu florieren«, stellte Starbuck fest, während er von dem Büro ins Warenlager wanderte.

Plötzlich warf er sich flach auf den Boden, seine Waffe im Anschlag.

In der offenen Tür des überkuppelten Lagers saß jemand auf einem Holzstuhl.

Nachdem er die Gestalt ein paar Sekunden lang beobachtet hatte, wurde Starbuck klar, daß sie sich überhaupt nicht bewegte und ihn auch gar nicht wahrgenommen zu haben schien.

Vorsichtig stand er auf und näherte sich ihr.

Es war ein alter Arbeitsroboter von grob menschlicher Gestalt, gekleidet in die Überreste eines alten Overalls. Die metallische Oberfläche war rostig und verbeult. Eines der Plastikaugen war zerbrochen und baumelte an einem bunten Draht von seiner Höhle herunter. Die Arme hingen zu beiden Seiten herab, und der Roboter machte den Eindruck, als hätte er sich seit Jahren nicht mehr bewegt.

Als Starbuck vor dem Automaten stehenblieb, vollbrachte der Metallkopf ein quietschendes Nicken. »Howdy... howdy... howdy...« krächzte er mit rasselnder Stimme. Dann verstummte er und verharrte absolut regungslos.

»Ja, howdy«, erwiderte Starbuck. Er ging vorbei und trat in das Warenlager.

Der Raum unter dem hohen Dach war riesig und leer. Ein Schwarm kleiner, gelber Vögel hockte auf einem der Trägerbalken.

Starbuck bemerkte ein paar Meter vor sich etwas in dem staubigen Boden. »Einen Moment«, sagte er und lief hin.

Er kniete sich nieder und vergewisserte sich, daß sein erster Eindruck richtig gewesen war. Es war die abgewetzte Jacke, die Robber getragen hatte.

Es gab Spuren eines Kampfes auf dem Boden. Und dann entdeckte er ein paar dunkle Flecken. Es mußte Blut sein.

Apollo zog sein Mikrophon vor den Mund. »Sieht aus, als wäre das der Ort, Boomer«, sagte er, während seine Viper über der Lichtung auf dem Planetoiden kreiste, auf der Starbucks Spähschiff gelandet war.

»Das ist jedenfalls seine Viper«, bestätigte Boomer aus seinem Schiff. »Aber wem gehört wohl dieser schäbige Jäger?«

»Vielleicht einem Oldtimer-Sammler.« Sie waren dem Ortungssignal der Viper auf den Planetoiden gefolgt, und jetzt versuchte Apollo wieder, Kontakt mit dem Schiff aufzunehmen.

»Ich rufe Spähviper Eins. Starbuck, bist du an Bord?«

»Ach, ich wünschte, er wäre es«, antwortete eine gequälte weibliche Stimme.

»Hier spricht Captain Apollo, vom *Kampfstern Galactica*«, meldete er. »Mit wem spreche ich?«

»Nennen Sie mich einfach Cora, Captain. Ich bin der Computer.«

»Wo ist Starbuck?«

»Das ist eine lange und herzzerreißende Geschichte.«

»Lebt er noch?«

»Vor nicht allzulanger Zeit tat er es jedenfalls, und ich hoffe, daß er es immer noch tut. Verstehen Sie, Captain, alles fing damit an –«

»Können wir hier sicher landen?«

»Oh ja.«

»Wem gehört das Jagdschiff?«

»Nun ja, inzwischen eigentlich Starbuck. Er hat es gestohlen, verstehen Sie, um dieses furchtbare gesetzlose Mädchen zu jagen, das –«

»Wir landen«, informierte Apollo sie.

»Ich wußte, daß eine Frau im Spiel ist«, kommentierte Boomer. »Auf Starbuck kann man sich verlassen.«

»Es sieht so aus«, ergänzte Apollo, »als hätte sich sogar der verdammte Computer in ihn verknallt.«

Apollo saß im Cockpit der Spähviper. Boomer beugte sich durch das offene Verdeck zu ihm hinein. »Beruhige dich, Cora«, tröstete der Captain den aufgelösten Computer.

»Ich mache mir einfach Sorgen um ihn. Das ist ganz natürlich, immerhin hat man mich extra so konstruiert, daß ich –«

»Erzähl uns einfach«, bat Apollo, »was passiert ist.«

»Er sucht nach ihr.«

»Wen?«

»Nach wem«, korrigierte Cora. »Nach dieser furchtbaren jungen Frau mit dem Namen Robber. Können Sie sich vorstellen, daß jemand mit einem solchen Namen durch's Leben –«

»Ist sie diejenige, die sich die Viper ausgeborgt hat?«

»Das versuche ich Ihnen die ganze Zeit zu erklären. Das Flittchen stahl sie, nachdem ihr der arme, liebe Bucky helfen wollte, von diesem Asteroiden wegzukommen, wo –«

»Bucky?« Boomer lachte.

»Wo ist Starbuck jetzt?« fragte Apollo.

»Er sucht nach ihr. Ich machte den Fehler... wenn man darauf programmiert ist, ehrlich zu sein, ist es sehr schwer zu schwindeln... Ich erwähnte, daß sie ein gefährliches Gebiet durchqueren müßte, um nach Hause zu kommen.«

»Was für Gefahren?«

»Da bin ich mir nicht sicher«, antwortete Cora. »Wenn Sie es wünschen, Captain, kann ich aber untersuchen –«

»Dazu haben wir keine Zeit«, schnitt er ihr das Wort ab. »In welche Richtung ist Starbuck gelaufen?«

»Nach Süden, Sie können den Pfad leicht erkennen«, antwortete der Computer. »Ich habe ihm gesagt, daß es eine Torheit ist.«

»Damit kann man Starbuck nicht aufhalten«, meinte Boomer.

10

Starbuck packte den verrosteten Roboter wieder bei den Schultern. »Was ist mit dem Mädchen passiert? Was hast du gesehen?«

Die klapprige Maschine, die neben der Tür des Lagerhauses saß, antwortete: »Howdy... howdy...«

»Komm schon«, drängte der Lieutenant ungeduldig. »Du bist noch nicht ganz kaputt. Du mußt etwas gesehen haben.«

»Howdy... Sieht nach Regen aus, wie?... Ja... gute Ernte, dieses Jahr... Howdy, Nachbar... howdy...«

Stöhnend ließ Starbuck den Roboter zurück in seinen Stuhl fallen. »Danke, alter Marmeladeneimer.«

»...howdy... howdy...«

Starbuck entfernte sich von ihm und begann, den grasbewachsenen Boden vor dem Eingang des Lagerhauses zu untersuchen. Er entdeckte die Abdrücke von mindestens zwei verschiedenen Paar Stiefeln und, unglücklicherweise, noch mehr frische Blutflecke.

»Ich bin ziemlich sicher, daß ich ihr auf der Spur bin«, sagte sich Starbuck mit zusammengekniffenen Augen. »Ich hoffe nur, daß ich sie noch lebend finde.«

Langsam und vorsichtig entfernte er sich von dem verlassenen Lagerhaus.

»...Komm mal wieder vorbei, ja?...« rasselte der Roboter.

Wieder schloß sich der Wald um Starbuck. Der Gestank von fauligem Wasser hing in der Luft. Dünne Nebelschleier trieben durch die Bäume auf ihn zu.

Starbuck pfiff kurz durch die Zähne.

Der Wald wurde dunkler und kühler. Der Nebel schlang sich in schmalen Bändern um seine Fußgelenke.

Die Spur war immer noch leicht zu verfolgen. Zwei Männer waren vor kurzem vorbeigekommen, und einer von beiden hatte etwas getragen. Starbuck war ziemlich sicher, daß dieses Etwas Robber hieß.

Es gab keine Möglichkeit festzustellen, ob sie lebte oder tot war.

Er schüttelte den Kopf und sagte zu sich selbst: »Je älter ich werde, desto gefühlsduseliger werde ich. Jetzt ängstige ich mich schon um ein Mädchen, das ich kaum kenne.«

Und ihre kurze Bekanntschaft war für ihn auch nicht gerade besonders positiv oder herzlich verlaufen. Das einzige Positive, was er über Robber sagen konnte, war, daß sie ihm nicht gleich den Schädel zertrümmert hatte.

»Aber sie war hübsch«, erinnerte er sich.

Der Nebel verdichtete sich um ihn herum. Irgendwo über ihm stieß ein Vogel einen klagenden Schrei aus.

Starbuck würde es nicht einfach haben, wenn er auf die *Galactica* zurückkehrte. Er würde alle seine rhetorischen und schauspielerischen Fähigkeiten aufbieten müssen, um sich für seine Handlung zu rechtfertigen.

Er grinste. »Naja, ich würde meinem Ruf wohl nicht gerecht werden, wenn ich nicht nach einem hübschen Mädchen –«

»Hilfe! Bitte, Hilfe!«

Eine Frauenstimme drang aus dem Nebel rechts vor ihm.

»Sie dürfen mir nicht wehtun!«

»Robber?« schrie er.

Keine Antwort.

Starbuck zerrte seine Laserpistole aus dem Halfter und verließ den Pfad. Der bläuliche Nebel wogte und zerriß, als er sich seinen Weg durch ihn bahnte. Er hatte eine ungefähre Vorstellung, aus welcher Richtung die Schreie gekommen waren.

»Oh, bitte! Hilfe!«

Starbuck konnte in dem dicken Nebel überhaupt nichts mehr sehen.

Die Stimme, die um Hilfe rief, klang wie die von Robber, aber andererseits auch nicht.

»Aber es können ja nicht zwei Mädchen gleichzeitig im selben Waldstück in Schwierigkeiten sein.«

Er mußte langsamer gehen, weil er nicht weiter als zwei Meter sehen konnte.

Alles – seine Schritte, die Geräusche des Waldes – klang gedämpft.

»Hilfe!«

Starbuck orientierte sich an dem letzten Ruf und beschleunigte seine Gangart.

Nach fünf Schritten öffnete sich der Boden unter ihm und verschluckte ihn.

Sie war blond und schlank und nicht älter als neunzehn. Sie trug dunkle Hosen, eine schwarze, kragenlose Tunika und einen breiten Waffengurt mit zwei Halftern. Die Halfter waren leer, weil sie die beiden Laserpistolen in ihren Händen hielt und damit auf Starbuck zielte.

Er stand in der tiefen Grube, in die er gefallen war. Er hatte schon herausgefunden, noch bevor die waffenstarrende Blondine aufgetaucht war, daß er nicht bis zum Grubenrand hochspringen konnte.

»Verzeihen Sie, daß ich Ihre Tiergrube benützt habe, Miss«, sagte er zu dem Mädchen. »Wenn Sie mir beim Heraussteigen behilflich sein würden, dann werde ich die Grube wieder mit Ästen und Zweigen zudecken. Und dann, wenn ein richtiges wildes Tier vorbeikommt, wird es –«

»Hörst du dich gern reden, du Clown?«

»Schon, aber –«

»Ich nicht.«

Starbuck musterte sie eingehend. »Wissen Sie, ich glaube, Sie bringen meiner Bitte nicht das richtige Verständnis entgegen.«

»Wir haben das verdammte Loch für dich gegraben, du Clown.«

»Oh, das rührt mich. Soviel Arbeit nur für mich.«

»Wir besitzen ein paar alte Roboter, die das besorgt haben.«

»Woher wußten Sie, daß ich kommen würde?«

»Sie hat es gesagt.«

»Robber? Haben Sie sie gefangen?«

Das Mädchen lachte. Es war nicht gerade ein herzerfrischendes Lachen. »Genauso wie dich«, erklärte sie ihm und spuckte in die Grube.

Er duckte sich, streifte dabei eine schwarze Erdwand, so daß ein fetter orangefarbener Wurm herunterfiel. »Haben Sie vor, mich hier unten versauern zu lassen, oder –«

»Ich werde Psycho in einer Minute Bescheid geben. Er wird dich holen.«

»Psycho? Das klingt nicht besonders spaßig.«

»O doch, das ist er. Du wirst viel Spaß mit ihm haben«, versprach sie ihm. »Genau wie Robber.«

Starbuck ballte die Fäuste und zwang sich mit aller Mühe, nichts Unbedachtes und Wütendes zu sagen. »Ich kann es gar nicht erwarten, bis...«

»Bis was, Clown?«

»Oh, bis ich Psycho treffe.«

Starbuck wurde von einer geheimnisvollen Gestalt abgelenkt, die sich von hinten an die ahnungslose Blonde herangeschlichen hatte. Eine Gestalt, die jetzt einen merkwürdigen Metallarm nach ihr ausstreckte.

11

Schließlich merkte die schlanke Blondine, trotz Starbucks angestrengter Versuche, sie abzulenken, daß sie angegriffen wurde. Sie drehte sich um und brachte ihre Waffen in Anschlag.

Aber der Metallarm summte plötzlich und ein dünner, purpurroter Lichtstrahl schoß aus dem Zeigefinger.

»Zum Teufel mit dir, Scrap–« Mehr brachte sie nicht mehr heraus. Sie wurde steif, strauchelte und fiel rückwärts in Starbucks Grube.

Er fing sie unfreiwillig auf.

Als er sich aus dem Geäst unter sich wieder herausgearbeitet hatte, lag die Blonde ausgestreckt auf dem Boden, und ihre beiden Waffen waren in seiner Hand.

»Mach dir keine Sorgen«, rief der strohblonde junge Mann, der am Grubenrand stand. »Candy is' nur ohnmächtig.«

»Ja, das habe ich gemerkt«, erwiderte Starbuck. Er musterte den jungen Burschen und seinen kupferfarbigen Arm eingehend. »Mich würde allerdings viel eher unser Verhältnis zueinander interessieren.«

»Mann, wir sind Freunde.«

»Ich möchte nicht ihre Waffen benützen müssen.«

»Okay, ich weiß, du kannst nicht sicher sein, daß ich vertrauenswürdig bin. Aber ich bin es.« Er zauberte ein zusammengelegtes Seil aus seiner zu großen braunen Jacke. »Ich heiße Scrapper. Und du?«

»Starbuck.« Er fing das Ende des Seils, das Scrapper zu ihm herunterließ. »Bist du sicher, daß du mich aus dieser Grube ziehen –«

»Ich bin stärker, als es aussieht, Starbuck. Ganz im Ernst.«

Er war es tatsächlich, und Starbuck stand bald neben ihm auf dem Waldboden. »Vielen Dank«, sagte er.

»Hör zu«, unterrichtete ihn Scrapper, während er das Seil zusammenlegte. »Ich mache das nicht nur aus Menschenliebe, verstehst du? Nicht, daß ich mit Psychos Bande befreundet wäre, im Gegenteil. Aber ich habe zufällig dein Gespräch mit Candy belauscht.«

»Zum Glück.«

Scrapper kratzte sich mit seinem Metallzeigefinger an der großen

Nase und fuhr dann fort: »Sie haben Robber, und du willst ihr helfen? Stimmt das?«

Starbuck blickte hoch zu den Baumspitzen, die im Nebel kaum zu sehen waren. »So ungefähr«, bestätigte er.

»Also paß auf. Robber ist sozusagen meine spezielle Freundin«, erklärte er. »Ich mag sie, sie mag mich. Auch wenn sonst niemand aus ihrer Enklave mit mir zu tun haben möchte. Ich bin ein Einzelgänger, ich schätze es nicht, wenn Menschen um mich sind. Und dann ist da noch mein Arm.«

»Sieht aus wie ein ziemlich außergewöhnlicher Arm.«

Grinsend rieb Scrapper mit seiner gesunden Hand über das Metall. »Ich hab' das verdammte Ding selbst gebaut und selbst konstruiert. Ich kann interessante Sachen damit machen«, verkündete er stolz. »Hab' es aus allem möglichen Müll zusammengebastelt. Ich hab' überall auf dem Planetoiden die Teile dafür zusammengesucht. Unglaublich, was alles hiergelassen wurde, als die Leute von der Raumfarm ihr Zeug zusammenpackten. Is' schon verdammt lang her.«

»Ich bin über ein paar Stücke aus ihrer Hinterlassenschaft gestolpert«, bestätigte Starbuck. »Wie hast du deinen Arm überhaupt verloren?«

Scrapper schüttelte den Kopf. »Ich hatte nie einen«, antwortete er. »Ich wurde schon so geboren. Man könnte mich als Mutanten bezeichnen oder, wie es die meisten Leute hier tun, als Krüppel.«

»Hast du eine Ahnung, wo sie Robber versteckt halten könnten?« fragte Starbuck.

»Ich habe eine ziemlich genaue Ahnung, ja. Willst du mir helfen, sie zu retten?«

»Eine gute Idee.«

»Dann sind wir Partner.« Scrapper streckte seine Metallhand aus.

Starbuck schüttelte sie. »Partner.«

Der Dicke hatte ein Messer. Er saß in dem windschiefen Korbstuhl und beobachtete Robber. Er war ein Koloß und trug einen Arbeitsanzug, der ihm nicht gerade paßte. Die Knöpfe und die anderen Verschlüsse spannten. »Ich mag dich«, wiederholte er und strich mit seinem fetten Daumen über die Schneide des Messers. »Wirklich, Robber.«

Die junge Frau saß auf dem Boden der kleinen Hütte, die Hände hinter dem Rücken zusammengebunden. Sie sagte nichts.

»Ich mußte dich verwunden, als wir dich fingen«, fuhr der fette junge Mann fort. Sein Körper bebte, wenn er sprach. »Aber ich habe dich nicht schwer verletzt, oder?«

Sie wich seinem Blick aus und sah zu dem kleinen, zerbrochenen Fenster in der Wand. Der Nebel drückte von außen dagegen und kroch in dünnen Schwaden durch den zackigen Sprung ins Innere. Der Geruch des Sumpfteiches draußen drang ebenfalls herein.

»Du mußt verstehen«, erzählte der fette junge Mann weiter, »daß du und ich auf zwei verschiedenen Seiten stehen. Das hier ist *unser* Gebiet, und wenn *du* versuchst, es zu durchqueren, müssen wir dich aufhalten. Wir müssen dich auch verwunden, ein Exempel statuieren. Sonst würden deine Leute glauben, sie könnten hier einfach –«

»Halt den Mund, Threetime«, mischte sich der zweite Mann in der Hütte ein. Er war nicht besonders groß, höchstens einen Meter siebzig. Und er war kreidebleich. Sein kurzgeschnittenes blondes Haar war fast weiß und wirkte wie gebleicht. Er blickte aus dem zweiten Fenster im Raum.

»Ein nettes Gespräch verkürzt die Zeit, Psycho. Die Stunden vergehen schneller –«

»Hab' ich dir nicht eben gesagt, du sollst dein Maul halten?«

Threetime nickte, und sein Doppelkinn wackelte. »Wenn dich meine Meinung interessiert, du machst dir unnötig Sorgen. Candy kann bestimmt –«

»Kein Gespräch mehr.« Psycho machte eine ungeduldige Geste mit seiner Laserpistole.

Threetime zuckte resigniert mit den Achseln, daß sein ganzer Körper bebte.

Psycho blickte auf Robber. »Erzähl mir mehr über den Kerl, der dir gefolgt ist.«

»Ich weiß nicht mehr«, antwortete sie. »Ich bin nicht einmal sicher, ob er mir überhaupt folgt.«

Psycho sah wieder aus dem Fenster. »Candy braucht zu lang. Wenn sie den Kerl entdeckt hat, sollte sie –«

»Wir wissen nicht, wie dicht er ihr auf den Fersen ist«, wandte Threetime ein.

»Ja, aber ich habe ihr befohlen, eine Weile zu warten und, wenn sich niemand zeigt, zurückzukommen und uns zu berichten.«

»Sie ist nicht besonders zuverlässig.«

»Halt den Mund«, fuhr ihn Psycho an.

Der Fette wandte seine Aufmerksamkeit wieder Robber zu. »Wie ich schon gesagt habe, wir beide könnten Freunde sein«, begann er. »Du brauchtest dich nur von dem armseligen Haufen loszusagen, mit dem du –«

»Ruhe«, unterbrach ihn Psycho.

»Ich habe nur –«

»Ich glaube, ich höre etwas.« Psycho stellte sich näher ans Fenster, lauschend und Ausschau haltend. »Etwas kommt hierher. Jemand.«

»Wahrscheinlich Candy.«

»Nein, die Schritte sind zu schwer, zu laut.«

»Sie ist nicht gerade leichtfüßig.«

Psycho schüttelte den Kopf. »Ich kann... verdammt.«

»Was?« Threetime war neugierig geworden und versuchte, sich aus seinem Stuhl zu stemmen.

»Ich habe jemanden gesehen«, verkündete Psycho mit zusammengekniffenen Augen. Er ließ seinen Blick durch den nebligen Wald draußen vor der Hütte schweifen. »Es kam durch den Sumpf. Sah aus wie... zum Teufel, wie eine Art Roboter.«

»Das ist kaum möglich. Keiner von diesen alten Automaten könnte –«

»Es war groß, wie ein Farmrobot. Hatte eine Sichel als rechte Hand.«

»Warum sollte so ein Ding, wenn es überhaupt noch eines auf dem ganzen verdammten Planetoiden gibt, das gut genug funktioniert, durch den Wald bis zu unserer Hütte spazieren?«

Psycho nickte dem Fetten zu. »Du wirst es herausfinden. Es ist dort draußen im Sumpf, irgendwo zwischen den Bäumen da drüben, ungefähr vierhundert Meter entfernt.«

»Du siehst Gespenster in dem Nebel –«

»Du wirst verdammt noch mal herausfinden, was da draußen los ist«, befahl Psycho. »Nimm das Lasergewehr!«

Threetime seufzte laut und steckte sein Messer in die Scheide. »Wir könnten doch einfach warten, bis –«

»Los.«

Der Holzboden in der Hütte quietschte, als Threetime den Raum durchkreuzte, um die Flinte zu holen, die an der Wand lehnte. »Wenn du dir das nur eingebildet hast, werde ich dir –«

»Geh schon.« Er öffnete die Tür. Ein Nebelschwall drang herein.

Der fette junge Mann seufzte noch einmal und verschwand dann draußen im Nebel.

12

Im Thronsaal eines cylonischen Basisschiffes saß der behelmte Imperious Leader auf seinem hohen Podest. Das wechselnde Licht in dem weiten, düsteren Raum ließ die geschliffene Oberfläche des Podestes auf verwirrende Weise aufleuchten.

Der metallgesichtige Centurion, der sich dem Thron näherte, reflektierte ebenfalls die Lichtblitze. »Ich bitte um Erlaubnis zu sprechen.« Er verbeugte sich vor der unförmigen Gestalt über ihm.

»Gewährt. Sprich.« Der Kopf des Imperious Leaders war im Schatten verborgen.

»Wir haben eine undechiffrierbare Botschaft aus dem Hohne-System empfangen.«

»Was heißt undechiffrierbar? Es gibt kein Problem, das die Cyloner nicht lösen können.«

»Verzeihung, ich meinte *noch nicht* dechiffrierbar.«

»Sprich weiter, und sei präziser.«

»Das Signal wurde zum Planeten Aeries ausgeschickt.«

»Von der kolonialen Flotte?«

»Wir nehmen es an.«

»Ich verstehe«, sagte der Leader. »Wer immer das Signal ausgesandt hat, weiß nicht, daß wir die Kolonien auf Aeries längst ausgelöscht haben. Wir schicken eine Patrouille aus, die alle Humanoiden vernichten wird, die noch im Hohne-System leben.«

»Zu Euren Diensten«, sagte der Centurion.

Psycho zog die Schultern hoch und schüttelte langsam den Kopf. »Was zum Teufel geht da eigentlich vor?«

Er trat vom Fenster zurück und kam zu Robber.

»Ich habe dich etwas gefragt«, drängte er. »Was passiert dort draußen? Warum ist Threetime noch nicht zurückgekommen?«

»Ich weiß es nicht.«

Er hockte sich hin und sah sie mißtrauisch an. »Zuerst Candy, dann Threetime«, resümierte er. »Sind deine Leute vielleicht da draußen?«

»Nein«, versicherte Robber. »Du weißt genau, daß wir hier Meilen von unserem Territorium entfernt sind.«

»Du bist hier. Also könnten sie auch hier sein.«

»Ich bin hier, weil das Schiff, mit dem ich geflogen bin, fast abgestürzt wäre«, erklärte sie. »Ich habe dir schon alles darüber erzählt.«

Psycho packte ihr Kinn mit einer Hand. »Wer ist es dann? Der Kerl, der dich verfolgt?«

»Woher soll ich das wissen?«

Er hielt ihren Kopf mit einer Hand fest und schlug ihr mit der anderen hart in das Gesicht. Dreimal. »Was geht da draußen vor? Sag es mir!«

»Ich weiß es nicht.«

»Hör zu, ich möchte dir nicht noch mehr weh tun«, warnte sie Psycho mit leiser, ruhiger Stimme. »Aber wenn du nicht –«

Jemand klopfte an die Tür.

Psycho sprang auf und wirbelte herum.

Wieder klopfte es. Diesmal lauter und fester.

Psycho zog seine Laserpistole. »Wer ist da draußen?«

Wer immer es auch war, er antwortete nicht. Wieder klopfte es.

»Threetime? Bist du das?«

Es klopfte.
»Candy?«
Klopfen.
»Okay, du Schwein!«
Psycho feuerte auf die geschlossene Tür. Seine Waffe knisterte und brummte. Die obere Hälfte der Tür verschwand. Durch die Öffnung war nur der neblige Sumpf draußen zu sehen.
Vorsichtig machte Psycho drei Schritte auf den Eingang zu.
Ein großer Metallroboter rollte von einer Seite vor die Tür. »Howdy«, rief er und winkte grüßend mit seiner Sensenhand.
»Was machst du hier? Was willst du?«
»Howdy!«
»Mach dich sofort aus dem Staub, oder –«
Plötzlich löste sich ein türgroßes Stück aus der gegenüberliegenden Wand. »Er ist doch nur ein einfacher Roboter, der dich ein bißchen unterhalten will«, rief Scrapper, der durch das Loch in die Hütte trat.
»Du bist also der Krüppel, der –«
In diesem Augenblick traf ihn der Strahl aus Scrappers Zeigefinger.
Psycho fiel betäubt zu Boden.
Starbuck kam durch die Vordertür herein. »Ich wußte, daß wir uns wiedersehen würden«, begrüßte er Robber. Dann lief er zu ihr. Er kniete sich vor sie hin und schnitt ihre Fesseln auf.
Sie umarmte ihn, so gut sie das mit ihren abgestorbenen Armen konnte. »Danke«, sagte sie. »Tut mir leid, daß ich dir eins überziehen mußte.«
Scrapper nickte insgeheim. »So geht das jedesmal«, bemerkte er. »Ich mache die ganze Arbeit, und jemand anderes bekommt den ganzen Dank.«

13

»Das muß früher mal ein ganz hübscher Laden gewesen sein«, bemerkte Captain Apollo.

»Aber zur Zeit scheint das Geschäft nicht besonders gut zu gehen«, kommentierte Boomer.

Sie marschierten durch weite, brachliegende Felder auf eine Ansammlung von verlassenen Gebäuden zu.

»Niemand kann sagen«, sprach Apollo weiter, »wie lange das Land schon verlassen ist.«

»Ich schätze, ziemlich lange«, antwortete der Lieutenant. »Einen Vorteil hat es, wenn man mit Starbuck zusammenarbeitet. Man lernt interessante Gegenden kennen.«

»Und interessante Frauen.«

»Ja, ich bin ziemlich gespannt, mit was für einem Mädchen er diesmal angebändelt hat. Wie heißt sie, Robber?«

»So behauptet jedenfalls die zuverlässige Cora.«

Sie verlangsamten ihren Schritt, als sie sich den Gebäuden der Raumfarm GmbH näherten.

»Räuber«, wiederholte Boomer. »Das klingt nach einer ziemlich rauhen Dame.«

»Das muß sie auch sein, wenn sie mit Starbuck zusammen ist. Normalerweise hat er... hey, da sitzt jemand vor dem Lagerhaus.« Apollo zog seine Laserpistole.

»Nur ein Roboter«, beschwichtigte Boomer. »Sieht nicht so aus, als würde er noch funktionieren.«

»Trotzdem sollten wir vorsichtig sein.«

Der mechanische Mensch im Overall saß zusammengesunken in seinem Stuhl. »Howdy...« krächzte er, als sie ein paar Meter von ihm entfernt waren.

»Er funktioniert kaum noch«, verbesserte sich Boomer.

Apollo stand im Eingang des verlassenen Lagerhauses. »Jemand war hier drin.« Er ging hinein.

Lieutenant Boomer folgte ihm. »Hier.« Er zeigte mit dem Finger auf den Boden. »Ein Kampf. Ja, sieh dir all diese Fußabdrücke im Staub an. Sieht nicht so aus, als hätten sich hier zwei Freunde wiedergetroffen.«

Apollo kniete sich nieder und berührte einen dunklen Fleck auf dem Holzboden. »Das ist Blut«, stellte er fest.

»Aber nur wenig.«

»Das bedeutet, daß jemand verletzt, aber nicht getötet wurde.«

»Wenn Starbuck hier war, dann hat er weitergesucht. Also sollten wir –«

»Sie da drinnen!« donnerte eine Stimme draußen. »Werfen Sie Ihre Waffen weg und kommen Sie heraus. Sofort!«

»War überhaupt nicht schwierig«, erklärte Scrapper, während sie sich den Weg durch den nebelverhangenen Sumpf bahnten. »Wir mußten nur einen von den alten Farmrobotern so weit reparieren, daß er ein paar Worte aufsagen kann.«

»Scrap ist ein Zauberer in solchen Sachen«, ergänzte Starbuck. Er ging voran, und Robber direkt hinter ihm. »Er brachte diesen mechanischen Knecht zum Springen und Singen.«

»Dann lockten wir mit ihm Threetime aus der Hütte«, sagte Scrapper. »Nachdem wir den fetten Kerl außer Gefecht gesetzt hatten, sind wir zur Hütte und ließen den 'Bot anklopfen. Während der arme Psycho an der Tür beschäftigt war, bin ich ums Haus geschlichen. Ich hab' kurz durchs Fenster geschaut, um zu sehen, wo du sitzt, dann hab' ich mir mit diesem Finger hier einen Hintereingang geschnitzt.«

Robber lächelte ihn über ihre Schulter hinweg an. »Ich danke dir für alles, was du getan hast«, sagte sie. »Dir auch, Starbuck.«

Der Lieutenant verdichtete den Nebel mit einer dicken Rauchwolke seiner Zigarre. »Ich bin eben so etwas wie ein Kavalier«, meinte er. »Und das bedeutet, daß ich immer bereit bin, schönen Frauen aus der Gefahr zu helfen.«

»Natürlich«, erinnerte ihn die dunkelhaarige junge Frau, »wäre ich gar nicht in Schwierigkeiten gekommen, wenn dein nichtsnutziger Computer nicht dein Schiff ruiniert hätte. Sonst hätte ich gar nicht dort landen müssen, so weit von –«

»Hey, mein Computer hat nur seine Pflicht getan«, widersprach Starbuck. »Du, meine werte Robber, hast mein Schiff gekapert... Was in manchen, mehr zivilisierten Gegenden des Universums als Piraterie gilt... kurz gesagt, du hast mein Schiff geklaut, mich niedergeschlagen –«

»Vielleicht«, wandte Scrapper ein, »wäre es ganz gut, wenn du erklären würdest, warum du es so eilig hattest, von diesem Asteroiden zu verschwinden, Robber.«

»Das ist doch ganz klar«, antwortete sie ungeduldig. »Croad war mir auf den Fersen.«

»Ich habe seine Bekanntschaft gemacht«, sagte Starbuck. »Er ist Polizist. Und das bedeutet, daß du, meine Liebe, eine Verbrecherin bist, sonst hätte er nicht –«

»So einfach ist es nicht«, entgegnete Scrapper. »Die Ordnungshüter behaupten zwar, sie wären das Gesetz, aber... na ja, sie leiten die Gefängniskolonie auf Proteus. Und das ist nicht gerade ein ehrliches und gesetzmäßiges Unternehmen.«

»Es ist ein Rattenloch«, kommentierte Robber.

»Sie ist dort aufgewachsen«, erklärte ihm Scrapper. »Aber sie hat es geschafft, zu fliehen und hierher zu kommen.«

»Damals war ich siebzehn«, sagte sie. »Das letzte Jahr habe ich mit einer Gruppe von Flüchtlingen südlich von hier gelebt. Wir bauen Getreide an und züchten Vieh.«

»Und was hat der Ambrosa damit zu tun?«

»Das Zeug gibt es massig auf Proteus«, antwortete sie. »Und es gibt immer wieder eine Möglichkeit, eine Ladung davon mitzunehmen. Es ist riskant, aber es lohnt sich. Diesmal hätte mich Croad fast geschnappt.«

»Mich hätte er auch fast geschnappt«, ergänzte Starbuck. »Um der Wahrheit die Ehre zu geben, ich habe mir sein Schiff ausgeborgt, um hierher zu fliegen.«

Robber lachte. »Sieht so aus, als wärst du inzwischen auch ein Gesetzloser.«

»Vielleicht ist das in dieser Gegend das Beste, was man sein kann.« Er paffte an seiner Zigarre.

»Wir wollen da vorne auf den Pfad abbiegen, der von diesem hier abzweigt. So wie du es mir erklärt hast, Starbuck, müßte das eine Abkürzung zu dem Jäger und deinem Schiff sein.«

»Du brauchst mich nicht zu meiner Gruppe zu fliegen«, äußerte das Mädchen zu Starbuck. »Ich schaffe es auch zu Fuß.«

»Nein«, lehnte er ab. »Wenn ich mich mit einer Dame treffe, dann sorge ich auch dafür, daß sie sicher nach Hause kommt.«

14

Boomer spähte durch ein Astloch in der Wand des Lagerhauses. »Sieht aus, als wäre nur ein Mann da draußen«, stellte er ruhig fest. »Das Lasergewehr, das er trägt, scheint alt, aber zuverlässig zu sein.«

»Ich werde mich zum Schein ergeben«, sagte Apollo. »Gib mir ein bißchen Zeit und lenke ihn dann ab.« Boomer nickte.

Apollo ging langsam zur Tür und warf seine Pistole hinaus. »Okay«, rief er, »ich komme hinaus.«

Mit hoch erhobenen Händen trat er in das hohe Gras draußen. Der Mann mit dem Gewehr war mehr als fünfzig Meter entfernt. Er war groß, dicklich und trug braune Kleider. An seiner Jacke steckte ein Stern.

»Ich will auch Ihren Partner«, erklärte er Apollo.

Der Captain tat überrascht und ging weiter auf ihn zu. »Welchen Partner?«

»Den schwarzen Kerl, der mit Ihnen in das verdammte Lagerhaus gegangen ist.«

Apollo lächelte ihn an. »Ich streite mich nur ungern mit einem Menschen, der ein Gewehr in der Hand hat, aber ich bin allein in dieses –«

»Passen Sie auf, wenn er in einer Minute nicht neben Ihnen steht, schieße ich Sie nieder.«

Apollo war nur noch ein paar Schritte von dem großen Gesetzesvertreter entfernt. »Wer sind Sie eigentlich?« fragte er ihn.

»Ein Ordnungshüter«, antwortete er.

»Dann stehen wir auf derselben Seite.« Apollo senkte langsam seine Hände. »Ich suche –«

»Lassen Sie sie oben.«

»Gewiß doch, gut. Aber der springende Punkt ist, daß wir beide wahrscheinlich nach demselben Mann suchen«, fuhr Apollo fort. »Ein mittelgroßer junger Kerl mit strohblonden Haaren. Er raucht stinkende Zigarren und hat sich darauf verlegt, fremden Leuten ihre Fortbewegungsmittel zu stehlen.«

Der Polizist studierte Apollos Gesicht. »Ja, tatsächlich, das klingt nach seiner Beschreibung«, sagte er. »Ich habe den kleinen Dreckskerl zwar nie selbst gesehen, aber –«

»Seien Sie dankbar, daß Ihnen das erspart geblieben ist.« Apollo kam näher heran. »Er ist ein gefährlicher Krimineller, berüchtigt wegen seiner –«

»Was zum Teufel –«

Drüben am Eingang des Lagerhauses war der Roboter plötzlich aufgestanden und wedelte jetzt mit den Armen.

Fassungslos starrte der Polizist hinüber.

Apollo machte einen Satz und schnappte den Arm des Polizisten. Er entwand ihm die Waffe. Dann boxte ihn Apollo zweimal in den Magen und einmal auf den Unterkiefer. Als der Mann auf dem Boden aufkam, war er bewußtlos.

»Starbuck hat einen schlechten Einfluß«, bemerkte Apollo zu sich selbst. »Jetzt schlage ich schon die Vertreter von Recht und Gesetz k. o.«

Scrapper meinte: »Hier sind wir ziemlich sicher, Freunde.«

Sie standen an einem kleinen Teich im Wald.

»Wir sind ganz nah an euren Schiffen«, erklärte der junge Mann und deutete mit seiner Metallhand auf die Bäume. »Ich seh' nur kurz nach, ob nicht Psychos Leute oder jemand anderes auf uns wartet. Und wenn ich allein bin, bin ich leise und schnell wie der Wind.«

Starbuck trat seine Zigarre auf dem moosigen Waldboden aus und setzte sich auf einen Baumstumpf. »Gute Idee, Scrap«, sagte er. »Du gehst und erkundest die Gegend. Wir warten hier.«

Grinsend verschwand Scrapper im Schatten zwischen den hohen Bäumen.

»Hast du Angst, Starbuck?« wollte Robber wissen. Sie lehnte sich gegen einen breiten Baumstamm.

»Ich bin nur vorsichtig, meine Liebe«, versicherte er ihr. »Seitdem ich eure liebenswerte Galaxie kennengelernt habe, hat man mir fast den Schädel eingeschlagen, mich auf einem einsamen Asteroiden zurückgelassen und in eine Grube fallen lassen. Nach solchen Erfahrungen wird man zurückhaltender.«

Die junge Frau nickte und lächelte unbeholfen. »Sicher.«

»Wenn dich jemand«, sprach der Lieutenant nach ein paar Augenblicken weiter, »bei deinem richtigen Namen ansprechen wollte, wie würde er dich dann nennen?«

»Ich habe keinen anderen Namen«, antwortete sie.

»Wie das?«

»Es hat mit dem Gefängnis zu tun.«

»Aber du mußt doch einen anderen Namen gehabt haben, bevor man dich eingesperrt hat.«

»Ich bin dort geboren.«

»Wie?« Er stand auf.

Robber schüttelte den Kopf. »Ich möchte eigentlich nicht darüber sprechen.«

»Du hast dein ganzes Leben auf diesem Proteus gelebt? Ich verstehe nicht –«

»Es gibt keinen Grund, warum du das verstehen müßtest«, sagte sie ihm. »Der Zufall hat uns zusammengebracht, und der Zufall wird uns wieder trennen. So spielt das Leben eben. Kein Grund, sich darüber aufzuregen.«

»Für ein junges Mädchen bist du ganz schön zynisch«, bemerkte er.

»Ich bin schon lange kein junges Mädchen mehr«, entgegnete sie und blickte in die Richtung, in der Scrapper verschwunden war. »Was ist mit dir, Starbuck? Wer bist du?«

»Äh...« Er stocherte mit einem Fuß im Boden herum.

»Du stellst gern Fragen, aber du antwortest nicht gern, wie?«

»Ich bin ein Krieger.«

»Was bedeutet das?«

Er zeigte nach oben. »Nun, in meinem Fall, meine Liebe, bedeutet das, daß ich auf einem riesigen Raumschiff, einem Kampfstern stationiert bin«, antwortete er. »Im Augenblick sollte ich eigentlich eure reizende Galaxie auskundschaften. Ich will nicht aufschneiden, Robber, aber du mußt wissen, daß ich normalerweise verdammt gut bin: Viperfliegen, Auskundschaften, Kämpfen, bei allem.« Er zuckte mit den Achseln. »Aber, um die Wahrheit zu sagen, seitdem ich dich auf diesem verrückten Asteroiden getroffen habe, versage ich.«

Sie lächelte. »Ich sehe schon, daß du mich als Entschuldigungsgrund angeben wirst, wenn du wieder auf deinem Kampfstern bist«, sagte sie. »›Ich begegnete dieser heimtückischen Gesetzlosen, Sir, und sie führte mich vom rechten Weg ab.‹«

»Ich habe mich selbst in die Irre geführt«, erwiderte Starbuck. »Als ich gehört habe, daß du in Schwierigkeiten sein könntest, mußte ich dich einfach suchen.«

»Das macht bestimmt mein Charme.«

Er sah ihr in die Augen. »Wirklich, weißt du, das könnte es sein«, meinte er. »Denn, wenn ich es logisch überlege –«

»Sieht aus, als hätten wir ein Problem.« Scrapper war lautlos zu ihnen zurückgekehrt.

»Was ist los?« fragte der Lieutenant.

»Nun«, begann Scrapper und rieb seinen Metallarm, »diese Lichtung dort drüben scheint ziemlich bevölkert zu sein.«

»Wie das denn?«

»Erstens sind dort noch zwei Schiffe wie deines. Sie –«

»Sie müssen von der *Galactica* sein«, mutmaßte Starbuck mit einem breiten Grinsen. »Vielleicht Apollo und Boomer, oder Jolly und –«

»Was noch?« fragte Robber.

»Noch ein Polizeijäger«, antwortete Scrapper.

Starbuck runzelte die Stirn. »Und wo sind die Leute aus all diesen Schiffen?«

Scrapper schüttelte den Kopf. »Ich habe keine Menschenseele gesehen«, erklärte er. »Ich war zwar nicht besonders nahe bei den Schiffen, das stimmt, aber es sieht nicht so aus, als wäre jemand dort.«

»Wahrscheinlich suchen Apollo und Boomer nach mir«, überlegte Starbuck. »Und die Leute, die mit dem Jäger gekommen sind, auch.«

»Sie wollen mich«, vermutete Robber.

»Okay«, entschied Starbuck. »Ihr beide wartet hier auf mich. Ich gehe auf die Lichtung und versuche, mit Cora zu sprechen. Sie müßte wissen, wo meine Freunde sind. Dann suche ich sie und komme zusammen mit ihnen hierher zurück.«

»Das ist riskant«, wandte Robber ein.

»Ich weiß.« Er grinste. »Aber ich muß doch unbedingt beweisen, daß ich kein Feigling bin.«

Starbuck kauerte im Gebüsch und suchte mit den Augen die Lichtung ab.

Ganz richtig, dort standen ein zweiter Jäger und zwei weitere Vipers.

»Sieht aus, als hätten sich Apollo und Boomer auf die Jagd nach mir gemacht, als ich plötzlich verschwunden war«, sprach er zu sich selbst.

Niemand war bei den Schiffen, soweit Starbuck das feststellen konnte.

Er blieb, wo er war, und beobachtete die Lichtung. Bald würde er zu seiner Viper schleichen. Es war anzunehmen, daß Apollo und Boomer mit seinem Computer gesprochen hatten. Cora wußte vielleicht, wo –

Der Lauf einer Laserpistole drückte sich gegen sein Rückgrat. »Nett, Sie wiederzusehen«, sagte Croad.

15

Boomer kniff die Augen zusammen. »Die Gegend da vorne gefällt mir nicht«, bemerkte er, als sie sich dem nebligen Wald näherten.

»Das hier ist kein Ausflug, alter Freund«, meinte Apollo. »Starbuck ist hier gegangen.«

»Wenigstens scheint er noch auf seinen beiden Beinen zu stehen.«

»Die Fußstapfen verraten uns das, ja. Er folgt jemandem, der eine schwere Last trägt«, erläuterte der Captain, als sie die Spur weiterverfolgten.

»Vielleicht den Körper von Starbucks kleiner Freundin?«

»Das ist durchaus möglich.«

»Darüber braucht ihr euch keine Sorgen zu machen. Er lebt und ist wohlauf.« Ein schlaksiger junger Mann mit einem Metallarm tauchte ein paar Meter vor ihnen aus dem Nebel auf.

»Wer sind Sie?« Apollos Hand schwebte über seinem Halfter.

»Ich heiße Scrapper«, antwortete er. »Wär' besser, wenn ihr mir auch eure Namen verraten würdet. Ich habe einen guten Grund, danach zu fragen.«

»Ich bin Apollo, und das ist Boomer.«

»Gut. Ich habe gehofft, ihr würdet das sagen.« Scrapper grinste. »Ihr seid Starbucks Freunde.«

»Das sind wir, aber wie –«

»Robber«, rief Scrapper. »Es ist okay, du kannst herauskommen.«

Eine schlanke, dunkelhaarige Frau gesellte sich zu ihnen. »Ist sie diejenige, die alles angefangen hat?« fragte Boomer. »Das meiste hat sich Starbuck selbst zuzuschreiben«, entgegnete Robber. »Aber wir haben keine Zeit, uns zu streiten. Croad hat ihn.«

»Croad?« fragte Apollo.

»Die Situation ist so«, erklärte Scrapper, »wir sind dorthin zurückgegangen, wo eure Schiffe stehen, weil Starbuck Robber nach Hause fliegen wollte. Aber da waren mehr Schiffe, als wir erwartet hatten, und darum wollte er allein hingehen und Cora fragen. Seinen Computer, wißt ihr?«

Boomer nickte. »Was ist passiert?«

»Na ja, wir warteten lange auf ihn«, berichtete Scrapper, »aber er kam nicht zurück. Also hab' ich selbst nachgesehen.«

Robber fügte hinzu: »Scrapper kam gerade noch rechtzeitig, um zu sehen, wie Croad Starbuck in seinen Jäger stieß und dann abhob.«

»Wär' ich eher gekommen«, fuhr Scrapper niedergeschlagen fort, »hätte ich Croad betäuben und Starbuck retten können.« Er tippte auf den Metallfinger, den er zum Betäuben brauchte.

»Wohin wird ihn dieser Croad bringen?« fragte Apollo.
»Nach Proteus«, antwortete Robber. »Ins Gefängnis.«

»Glauben Sie nicht«, hatte Starbuck vorgeschlagen, als der Jäger vom Boden abhob, »wir sollten auf Ihre Freunde warten?«
»Welche Freunde?« fragte Croad.
»Die Jungs in dem zweiten Jagdschiff. Sie sind nicht allein gekommen, Sie –«
»Yauk kommt auch allein zurecht«, entschied der Polizist, während er die Instrumente des Schiffes bediente. »Er wird sich Robber schnappen und dann nachkommen.«
»Mir würde es nichts ausmachen, umzukehren und auf ihn zu warten«, bot ihm der Lieutenant liebenswürdig an. »Überhaupt nichts.«
»Halten Sie den Mund.«
Das Schiff stieg langsam weiter in die Atmosphäre des Planetoiden auf.
»Stört es Sie, wenn ich rauche?« wollte Starbuck wissen.
»Wenn Sie mit den Händen auf dem Rücken rauchen können«, antwortete Croad, »habe ich nichts dagegen.«
»Ich hatte gehofft, Sie würden mir vielleicht die Handschellen abnehmen.«
»Keinesfalls.«
Starbuck versuchte, eine weniger unbequeme Stellung in dem Passagiersitz zu finden, in den er gestoßen worden war. »Warum wollen Sie Robber haben?«
»Aus dem gleichen Grund wie dich«, antwortete Croad. »Wegen Schmuggels. Bei dir kommt allerdings noch Körperverletzung, Diebstahl und eine satte Ladung anderer Vergehen dazu.«
»Vielleicht sollte ich lieber erklären, wer ich wirklich bin.«
»Ich weiß, wer du bist, Freundchen.«
»Nein, in Wirklichkeit glauben Sie das nur. Verstehen Sie, ich komme von einem Raumschiff, das –«
»Sparen Sie sich Ihre Geschichte«, riet ihm Croad.
»Aber wenn ich Ihnen die Lage jetzt erkläre, können Sie mich sofort freilassen. Auf diese Weise sparen wir uns die Gerichtsverhandlung –«

Starbuck verstummte, als Croad plötzlich loslachte.
»Eine Verhandlung!« rief er. »Eine Verhandlung!«

Vor langer Zeit war es einmal ein belebter Raumhafen gewesen. Jetzt war der Dschungel zurückgekommen, eroberte das Landefeld zurück, die Silos, die Gebäude und Lagerhäuser. Bis auf einen kleinen Fleck, auf dem man noch landen und starten konnte, wucherte überall hohes Gras und Unkraut. Und dann waren da noch die Kisten. Sie quollen aus den übervollen Lagerhäusern und stapelten sich auf den nicht benützten Teilen des Startfeldes.

»Willkommen auf Proteus«, empfing ihn Croad, als das Jagdschiff aufgesetzt hatte.

»Nicht gerade ein Ferienparadies«, kommentierte Starbuck abweisend.

Croad kicherte. »Sie werden sich dran gewöhnen«, versicherte er ihm und löste seinen Sicherheitsgurt.

»Ich möchte sofort zu dem Verantwortlichen für dieses Gebiet gebracht werden. Denn sonst –«

»Starbuck«, erklärte ihm Croad mit gespielter Geduld, »Sie werden es wesentlich leichter auf Proteus haben, wenn Sie nicht immer so aufsässig sind.«

»Ich möchte nur vermeiden, daß Sie Schwierigkeiten bekommen, weil es nämlich nicht lange dauern wird, bis meine –«

»Können Sie in der Zwischenzeit mal Ihren Hintern aus dem Sessel heben und aus dem Schiff steigen?« Croad öffnete die Kabinentür.

»Natürlich, aber –«

»Dann tun Sie das.«

Starbuck gehorchte und folgte dem Gesetzesvertreter auf das Landefeld hinaus.

Draußen erwartete sie ein weiterer, mit einem Lasergewehr bewaffneter Ordnungshüter. »Ist das der Bursche, Croad?«

»Ja, er ist der Schlauberger, der mir mein Schiff stehlen wollte.«

»Offensichtlich hast du es ihm wieder abgenommen.«

»Ich bekomme immer, was ich will.«

Starbuck, die Hände auf dem Rücken gefesselt, blickte sich um.

Überall stapelten sich Kisten. »Diese Kisten kommen mir irgendwie vertraut vor«, bemerkte er.

»Es sind die gleichen, die Sie schmuggeln wollten, Kumpel«, antwortete Croad.

»Sie meinen, in all diesen Kisten ist Ambrosa?« Starbuck war beeindruckt. »Mann, das ist bestimmt eine ganze Stange wert –«

»Aber nicht für Sie«, unterbrach ihn Croad. »Sie begeben sich zu dem Gebäude da hinten. Wir werden uns eine hübsche Zelle für Sie aussuchen.«

16

Seine Zelle war luftig, aber nicht geräumig. Drei Wände bestanden aus grauem Stein; die vierte aus Gittern und einer Tür. Die Einrichtung bestand aus einer harten Pritsche und primitiven Toiletteneinrichtungen. Auf der gegenüberliegenden Seite des schwach beleuchteten Ganges konnte Starbuck drei ähnliche Zellen erkennen. Jede davon war belegt.

Direkt ihm gegenüber war ein großer, breitschultriger Mann eingesperrt. »Wie heißt du?« fragte er und strich sich über seinen struppigen Bart.

»Starbuck«, antwortete er.

Der bärtige Mann runzelte die Stirn. »Starbuck? Diesen Namen habe ich noch nie gehört«, gab er zu. Er erhob eine Flasche Ambrosa und prostete ihm zu. »Ich trinke auf unseren Neuen, Starbuck. Was immer das bedeuten mag.«

In der Zelle links von dem bärtigen Mann stand eine dicke, vielleicht dreißig Jahre alte Frau, rechts von ihm ein kleiner, schmalschultriger Mann, der mindestens sechzig sein mußte. Auch sie prosteten ihm mit Ambrosaflaschen zu.

»Trink, Junge«, ermunterte ihn der Bärtige.

Starbuck bemerkte erst jetzt die volle Flasche Ambrosa, die neben seiner Pritsche auf dem Boden stand. »Vielen Dank, aber ich bin nicht in der Stimmung –«

»Bist du dir zu gut, um mit uns zu trinken?« fragte die Blondine.

»Nein, auf keinen Fall, Leute.« Er hob die Flasche hoch und tat so, als würde er einen langen Zug nehmen.

Der Bärtige nickte zufrieden und sagte: »Willkommen im Proteus-Gefängnis, Junge. Ich bin Assault Neun. Die Dame nebenan ist Adulteress Vierzehn, und dieses schielende alte Wrack ist Forger Sechs. Ich würde ihm auf keinen Fall trauen.«

»Das ist nicht fair«, protestierte der Alte. »Laß den Jungen sich doch seine eigene Meinung bilden.« Er lächelte schief. »In den kommenden Wochen und Monaten wirst du mich zu schätzen wissen, Starbuck.«

»Um die Wahrheit zu sagen, ich habe nicht vor, so lange hierzubleiben.«

Assault lachte dröhnend. »Du wirst wahrscheinlich nicht nach deiner Meinung gefragt.«

»Schon, aber sobald ich einem Verantwortlichen erklären kann, wer ich wirklich bin, werden sie –«

»Ich frage mich«, warf die Blondine ein, »ob unsere Ursünder so unwissend und naiv waren wie er.«

»Ursünder?« fragte Starbuck.

»Sie meint unsere Ahnen«, erklärte Assault. »Diejenigen, die vor langer, langer Zeit verurteilt wurden.«

Starbuck blinzelte. »Ihr meint, ihr sitzt hier die Strafen für die Verbrechen eurer Urgroßeltern ab?«

»Das ist besser, als ein Ursünder zu sein wie du, Starbuck.«

»Was ist Starbucken eigentlich für ein Verbrechen?« fragte Adulteress und kam näher ans Gitter heran. »Wenn du uns das erklärst, könnten wir –«

»Es ist überhaupt kein Verbrechen. Es ist einfach ein Name, mein Name«, erwiderte er gereizt. »Ihr müßt wissen, Leute, ich bin überhaupt kein Krimineller.«

»Das brauchst du uns gegenüber nicht zu beteuern«, sagte Assault. »Croad hat beschlossen, daß du hierher gehörst, und damit basta.«

»Du meinst wirklich, Croad ist für dieses gesamte Gefängnis verantwortlich?«

»Das ist er«, bestätigte Forger.

»Dann sitze ich wirklich in der Tinte«, gestand Starbuck.

»Du warst draußen«, wechselte Assault das Thema. »Du mußt Neuigkeiten aus dem Krieg wissen.«

»Was für ein Krieg?«

»Zwischen den Kolonien und der Allianz«, erklärte Assault.

»Aber der Krieg ist längst –«

»Wir versorgen die Kolonialkrieger mit Ambrosa«, sagte Forger nicht ohne Stolz.

»Wir sind zwar Gefangene«, fügte Adulteress hinzu, »aber trotzdem sind wir ebenso patriotisch wie die anderen Kolonisten.«

Starbuck ließ sich erschöpft auf seine Pritsche sinken. »Hier herauszukommen, könnte schwieriger werden, als ich gedacht habe«, sagte er zu sich selbst.

Apollo marschierte auf der Lichtung auf und ab. »Was ich Ihnen vorschlage, ist die einfachste Lösung unseres Problems«, sagte er.

»Scheren Sie sich zum Teufel!« antwortete der Gesetzeshüter.

Er hieß Yauk, und er war der Mann, den Apollo vor dem verlassenen Lagerhaus niedergeschlagen hatte. Boomer und Scrapper hatten ihn zurück zu den Schiffen gebracht.

Apollo blieb vor ihm stehen. »Passen Sie auf, mein Freund, wir stehen mehr oder weniger auf derselben Seite«, erklärte er. Seine Stimme klang ungeduldig. »Sie eskortieren uns zu Croad auf Proteus, und dann können wir –«

»Sie können alles *sagen*«, fiel ihm der Polizist ins Wort, »aber vielleicht sind Sie trotzdem cylonische Agenten. Ihr Freund, dieser Starbuck, hat versucht, Croad umzubringen – und er hat ihm sein Schiff gestohlen. Ihr beiden Mistkerle habt mich zusammengeschlagen. Das ist nicht gerade meine Vorstellung von ›Auf-der-selben-Seite-Stehen‹.«

»Das«, entschuldigte sich Boomer, »waren nur Mißverständnisse.«

»Schert euch zum Teufel, alle zusammen!«

»Croad hat Sie zurückgelassen, damit Sie mich finden und zu ihm bringen, nicht wahr?« fragte Robber.

»Genau, und irgendwann werde ich das auch tun.«

Die dunkelhaarige Frau nickte und wandte sich an Apollo. »Du kannst sein Schiff fliegen, oder nicht?«

»Sicher.«

»Okay, dann brauchen wir unsere Zeit nicht länger mit diesem Idioten zu verplempern«, entschied sie. »Du fliegst mit mir als deinem Passagier nach Proteus. Wenn du Yauks Uniform trägst, können wir unbehelligt vor dem Gefängnis landen und hineinkommen, bevor sie merken, was gespielt wird.«

»Mit so einem primitiven Trick werden Sie Croad nicht täuschen«, bemerkte Yauk gehässig.

»Es könnte funktionieren«, meinte Apollo nachdenklich.

»Klar«, fügte Scrapper hinzu. »Und Boomer und ich landen in der Nähe. Ihr holt die Wachen heraus, und wir stoßen zu euch. Himmel, wir vier können den ganzen Laden auffliegen lassen. Kein Problem.«

»Sie werden Sie töten«, prophezeite ihnen Yauk.

»Wir werden es versuchen«, beschloß Apollo.

17

Sie hatten Starbuck seine Zigarren gelassen. Er zündete sich eine an, während er in der Zelle auf und ab spazierte.

Irgendwo draußen waren Apollo und Boomer und suchten nach ihm. Wenn er sich also einfach entspannte und wartete, würden sie ihn irgendwann in diesem Gefängnis finden.

Das Problem war nur, daß Starbuck nicht geduldig war. Sobald er in einem Käfig steckte, wurde er nervös. Er paffte seine Zigarre und lehnte sich nachdenklich an die Metallstäbe seiner Zellentür.

Die Tür quietschte rostig und öffnete sich.

»Was im Universum ist das?« fragte er, als er rückwärts in den Gang stolperte.

»Geh wieder hinein«, rief ihm Assault ängstlich zu. »Mach die Tür zu, Kumpel.«

»Sie wollen nicht, daß wir das tun«, fügte Adulteress hinzu und warf ihm durch die Gitterstäbe einen bösen Blick zu.

Starbuck blieb im Korridor. »Einen Moment, Freunde«, sagte er und blickte seine Mitgefangenen der Reihe nach an, »ihr wollt doch damit nicht etwa behaupten, daß all diese Türen unverschlossen sind?«

»Seit Jahren schon«, antwortete Assault, verschämt zu Boden blikkend. »Die Zentralverriegelung ging schon zu Zeiten unserer Vorfahren kaputt.«

Starbuck ließ seine Zigarre fallen, drückte sie mit dem Stiefelabsatz aus und starrte ihn verständnislos an. »Ich glaube, das ist zuviel für mein armes Gehirn«, stieß er hervor. »Eure Zellen sind nicht verschlossen, keine einzige, aber ihr bleibt trotzdem in ihnen. Warum zum Teufel, wenn ich das fragen darf, macht ihr das?«

»Tradition«, antwortete Forger.

»So spielt das Leben eben«, ergänzte Assault.

»Unsere Väter waren Gefangene«, erklärte Adulteress. »Unsere Mütter waren Gefangene. Und wir sind Gefangene. Das ist ganz normal.«

»O nein.« Starbuck angelte in seiner Tasche nach einer neuen Zigarre. »Hört auf, euch wie Volltrottel zu benehmen. Wir sind alle menschliche Wesen. Und, falls ihr das noch nicht wißt, wir haben gewisse Rechte. Das Recht auf Freiheit gehört dazu. Und Freiheit bedeutet, daß niemand in einer Zelle zu versauern braucht, wenn er hinaus –«

»Das reicht, Starbuck.« Croad war im Korridor aufgetaucht. Er starrte Starbuck zornig an. »Gehen Sie sofort wieder zurück in Ihre Zelle.«

»Nein. Sie werden Ihre Gehilfen holen müssen, wenn Sie mich wieder hinter Gittern haben wollen«, erklärte Starbuck. »Junge, Junge, Sie haben hier vielleicht ein Kaspertheater inszeniert! Diese armen Kerle hier zu versklaven für nichts und wieder nichts, und sie zu drangsalieren –«

»Das hat alles keinen Sinn«, schnitt ihm Croad das Wort ab. »Sie destillieren Ambrosa für die Kolonialflotte, für unsere kämpfenden Kameraden. Das ist ihre Pflicht, wie es unsere ist, für Recht und Ordnung zu sorgen. Mein Vater war Polizist und sein Vater –«

»Ja, sicher«, unterbrach ihn Starbuck geduldig. »Aber die Kolonien haben schon längst vergessen, daß diese Strafasteroiden überhaupt noch existieren. Sie glauben bestimmt, daß sie schon vor Jahren ausgelöscht wurden.«

»Das ist nicht wahr«, widersprach der Gesetzeshüter. »Sie kontaktieren uns vielleicht nicht mehr so oft wie früher, aber –«

»Oft? Mann, euer Ambrosia stapelt sich himmelhoch an den Ladedocks.« Starbuck deutete auf den Ausgang. »Über manche von diesen verdammten Kisten ist schon Gras gewachsen. Los, gib es zu!«

»Das ist gelogen«, antwortete Croad und näherte sich ihm. »Und jetzt gehen Sie zurück in Ihre Zelle, sonst –«

»Verraten Sie uns erst«, fiel ihm Starbuck ins Wort, »wann der letzte Kolonialfrachter hier angedockt hat.«

»Wir Gesetzeshüter müssen uns zu strenger Geheimhaltung verpflichten. Ich darf das nicht –«

»Haben Sie jemals einen Frachter gesehen, Croad? Oder Ihr Vater?«

»Gehen Sie in Ihre Zelle.«

»Das ist keine Antwort.« Starbuck drehte sich zu Assault um. »Eure Leute haben ihr Leben vergeudet. Ihr habt den Kolonien nicht geholfen.«

Assault blickte Croad scharf an. »Ist das wahr, was er behauptet?«

»Nein, nichts davon stimmt«, versicherte ihm Croad. »Ihr würdet doch nicht das Wort eines –«

»Ihr braucht niemandem zu glauben«, unterbrach Starbuck ihn. »Ihr braucht nur aus euren Zellen herauszuspazieren und nach draußen zu gehen. Seht euch das verdammte Dock und den Raumhafen selbst an. Und dann verratet mir, ob dieses ganze Theater hier nicht einfach ein fauler Zauber ist, um den Gesetzeshütern die Macht zu sichern.«

»Ich warne Sie, Starbuck«, drohte Croad und griff nach seinem Lasergewehr. »Wenn Sie nicht –«

»Warte«, rief Assault.

»Es gibt keinen Grund, diesem Nichtsnutz Aufmerksamkeit zu schenken«, erklärte ihm der Gesetzeshüter.

Assault reagierte nicht auf ihn und öffnete die Zellentür.

Robber trommelte mit den Fingerspitzen auf das Polster ihres Sitzes. »Du kennst Starbuck ziemlich lang, wie?«

»Allerdings.« Apollo saß in der Uniform des Gesetzeshüters auf dem Pilotensitz des Kampfschiffs. Sie befanden sich in der Nähe von Proteus. »Kannst du mir Landeinstruktionen geben, damit wir möglichst nahe am Gefängnis niedergehen?«

Sie nickte, beugte sich zu ihm herüber und gab einen Landecode in den Bordcomputer ein. »Das wird genügen.«

»Vielen Dank.«

»Ich glaube, ich habe gemischte Gefühle ihm gegenüber«, bemerkte Robber.

»Starbuck? Man muß sich erst an ihn gewöhnen«, bestätigte ihr Apollo. »Und schließlich stellt sich heraus... Starbuck ist Starbuck.«

»Das ist mir schon klargeworden«, gab sie zu. »Als ich ihn... äh, außer Gefecht setzte und mir seine Viper unter den Nagel gerissen habe, hätte ich darauf wetten können, ihn nie wieder zu sehen.« Sie zuckte mit den Achseln.

Der dunkle Asteroid vor dem Sichtfenster wuchs immer mehr.

»Für viele Leute ist Starbuck so was wie eine schlechte Angewohnheit. Schwer aufzugeben.«

»Ursprünglich brauchte ich die Viper eigentlich«, gestand Robber, als der Landeanflug begann, »weil ich auf Aeries wollte. Meine alte Fähre hätte die Reise nicht überstanden. Ich habe Verwandte dort –«

»Wann hast du zum letzten Mal etwas von ihnen gehört?«

»Noch nie«, antwortete das dunkelhaarige Mädchen. »Aber meine Mutter erzählte mir, daß sie dort leben sollen. Und als ich noch ein Kind war, brachte sie mir einen Handelscode bei, mit dem ich Kontakt –«

»Einen Moment«, unterbrach sie Apollo. »Hast du diesen Code benützt, um Kontakt mit Aeries aufzunehmen, während du in der Viper warst?«

»Ja.«

»Die Cyloner haben vor einiger Zeit diesen Planeten erobert«, erklärte er ihr. »Wenn sie deinen Funkspruch aufgefangen haben, werden sie jemanden schicken, um nachzusehen, wer ihn gesendet hat.«

Robber faltete ihre Hände im Schoß. »Das wußte ich nicht«, sagte sie. »Es tut mir leid.«

»Du hättest es auch gar nicht wissen können, isoliert, wie ihr hier lebt«, beschwichtigte Apollo. »Aber wir können fast sicher mit einem cylonischen Besuch rechnen. Und sie sind keine angenehmen Besucher.«

»Das sollten wir nicht vergessen«, pflichtete Robber ihm bei. »Aber zuerst müssen wir Starbuck befreien.«

»Stimmt«, bestätigte Apollo.

Boomer schnüffelte nachdenklich. »Es riecht vertraut«, stellte er fest. »Aber ich weiß nicht, wonach –«

»Ambrosa«, erklärte Scrapper. »Aus den Destillerien dort drüben.«

Sie waren auf Proteus gelandet und bahnten sich einen Weg durch ein Waldgebiet zur Rückfront des Gefängnisses.

»Sie produzieren das Zeug hier?«

»Es ist die einzige Industrie, die es hier gibt, Boomer.«

»In unserem Teil des Universums ist Ambrosa eine Seltenheit.«

»Auf Proteus nicht«, bekam er zur Antwort. »Sie könnten in dem Dreckzeug baden. Deshalb schmuggeln Robber und ein paar andere manchmal eine Ladung zu den anderen Asteroiden und Planetoiden.«

»Gehören die Destillerien zum Gefängnis?« fragte der Lieutenant.

»Sie sind genau dahinter«, antwortete Scrapper. »Du wirst das alles gleich selbst sehen... uh. Warte.«

Scrapper drängte Boomer mit seiner Metallhand zurück.

»Stimmt etwas nicht?«

»Ich hab' was gehört und... oh... hallo, Hustler.«

Ein kleiner, bärtiger alter Mann stand kaum sichtbar zwischen den Bäumen. Er lehnte auf einem knorrigen Holzstab. »Mein Gott, wenn das nicht Scrapper persönlich ist«, sagte er mit zittriger Stimme.

»Kommst du wegen einer Fuhre?«

»Nein, nein, nur ein kleiner Freundschaftsbesuch.«

»Wir haben nämlich wieder hundert Kisten organisieren können.«

»Ich werde es Robber sagen.«

»Ach, sie hat ihre letzte Ladung von Lightfingers und seinem Haufen bekommen.« Hustler schüttelte traurig den Kopf, so daß sein Bart hin und her flatterte. »Jeder Idiot weiß, daß er seinen Ambrosa streckt. Das Zeug schmeckt einfach nicht so wie unseres.«

»Wie geht es dir?« wollte Scrapper wissen.

»Ich kann nicht klagen«, antwortete Hustler. »Meine grauenhaften Rückenschmerzen sind zwar kein bißchen besser, aber ich habe gelernt, damit zu leben. Die Schwindelanfälle kommen nicht mehr so oft wie früher. Und als ich das letzte Mal ohnmächtig wurde, bin ich weich gefallen und habe mir nichts gebrochen. Also ingesamt, wenn du mich fragst, wie es mir geht, Scrapper, dann –«

»War wirklich nett, sich mit dir zu unterhalten«, unterbrach ihn Scrapper grinsend. »Wir müssen jetzt weiter. Und wenn du bald eine Menge Lärm hörst, dann kümmere dich einfach nicht drum.«

»So wie mein Gehör funktioniert, freue ich mich, wenn ich überhaupt noch etwas höre.« Er winkte ihnen noch einmal zu, bevor er zwischen den Bäumen verschwand.

»Das ist eine der gefährlichsten Folgen des Schmuggels«, erklärte Scrapper, während er und Boomer ihren Weg fortsetzten. »Du fängst an, das Zeug zu oft auszuprobieren.«

18

Commander Adama saß in einem bequemen Sessel in seinem Quartier, einen Aktenstapel auf seinen Knien. Er lehnte sich langsam zurück, die Augen fest geschlossen.

»Colonel Tigh bittet, eingelassen zu werden«, weckte ihn ein Lautsprecher über der Tür.

»Er soll hereinkommen.« Adama setzte sich auf und hob die Papiere auf den Tisch neben sich.

Der schwarze Colonel wirkte besorgt, als er eintrat. »Diese Signale, die in Richtung Aeries gesendet wurden«, setzte er an.

»Haben Ergebnisse gezeigt?«

»Nicht gerade die, die ich mir wünschen würde, aber Ergebnisse, ja«, antwortete Tigh. »Unsere Tiefenscanner haben drei cylonische Kampfschiffe geortet, die in den Asteroidennebel eingedrungen sind.«

»Halten sie auf die *Galactica* zu?«

»Nein. Die Scanner haben ein anderes Ziel berechnet. Ungefähr dort, wo Starbucks Spähviper Eins die Signale ausgesendet hat«, meldete Tigh. »Dort, wo sich auch Apollo und Boomer aufhalten.«

Adama strich sich übers Kinn. »Die Cyloner müssen ihre Ortungsgeräte genau ausgerichtet haben«, folgerte er. »Sonst hätten sie uns inzwischen auch entdeckt.«

»Vielleicht werden sie das noch.«

»Wir müssen die Flotte auf Höchstgeschwindigkeit bringen«, entschied der Commander. »Und dann einen neuen Kurs einschlagen, um soviel Distanz wie möglich zwischen uns und diese Cyloner zu legen.«

»In diesem Fall wird uns Apollos Patrouille vielleicht nicht mehr ausmachen können.«

»Wir werden den Kurs nicht sofort ändern«, sagte Adama. »Aber wenn wir nicht bald etwas von Apollo und den anderen hören, werden wir handeln müssen.«

»Ja, Sir«, bestätigte Tigh ohne große Begeisterung.

Croad verlor seine Laserpistole in dem Handgemenge.

Die Gefangenen stürzten aus ihren Zellen und rannten nach draußen. Starbuck führte die begeisterten Häftlinge an.

»Frische Luft«, rief Assault, als sie das Ladegelände erreicht hatten. »In all diesen Jahren haben wir uns immer nur zwischen den Zellen und den Destillerien bewegt. Wir sind kaum jemals nach draußen gekommen.«

»Und da fängt die Freiheit an«, bemerkte Starbuck. »Frische Luft atmen zu können, wann immer man Lust dazu hat... Entschuldigung.« Er zielte mit der Waffe, die er Croad abgenommen hatte, auf den sich nähernden Gesetzeshüter. »Laß dein Gewehr fallen, mein Freund.«

»Was zum Teufel geht hier –«

»Man könnte es vielleicht«, erklärte der Lieutenant, »als Massenausbruch bezeichnen.«

»Aber diese Menschen dürfen nicht –«

»Das Gewehr. Fallenlassen. Andernfalls muß ich dich außer Gefecht setzen.«

Der Gesetzeshüter tat, wie ihm geheißen, trat zurück und beobachtete die Gefangenen, die ins Freie strömten.

»Ich verstehe jetzt, was du mit den Kisten gemeint hast«, sagte Assault, der zu einem der Stapel ging.

»Jahrelange Arbeit«, seufzte Adulteress. »Jahre um Jahre, für nichts.«

»Nein, nicht für nichts«, schränkte Starbuck ein. »Dieses Zeug läßt sich bestimmt im ganzen Universum verkaufen. Das gibt einen phantastischen Profit.«

Die Kinder der Gefangenen rannten herum und lachten, kletterten auf die Kisten, versteckten sich im hohen Gras und entwickelten ganz neue Spiele im Freien.

Assault schüttelte den Kopf. »Es gab Zeiten«, erinnerte er sich, »zu denen ich so etwas vermutet habe. Aber ich... ich habe nie versucht, es wirklich herauszufinden.«

»Es ist schwer, über den eigenen Schatten zu springen«, tröstete ihn Starbuck. »Die Hauptsache ist doch, daß es jetzt vorbei ist und daß ihr ein neues Leben anfangen könnt.«

»Das wird nicht leicht sein.«

»Ich weiß.«

»Aber du hast recht. Wir müssen... halt! Ein Polizeischiff setzt zur Landung an.«

»Keine Angst«, grinste Starbuck und klopfte auf seine Laserpistole. »Ich stelle mich gern als Empfangskomitee zur Verfügung.«

»Bist du sicher, daß du das schaffst?« hatte Robber gefragt, als das Kampfschiff in der Nähe des Gefängnisses zur Landung ansetzte.

»Einen Bullen spielen? Sicher«, antwortete Apollo.

»Du siehst in Yauks Uniform nicht gerade überzeugend aus.«

Apollo lachte. »Ich weiß jetzt, warum Starbuck dich mag«, sagte er. »Du nimmst kein Blatt vor den Mund.«

»Er mag mich nicht besonders.«

»Glaube mir, er... Hey, was geht da unten vor sich?«

Robber beugte sich in ihrem Sitz vor. »Gefangene«, stellte sie fest. »Sie laufen aus dem verdammten Ding heraus.«

»Passiert das öfter?«

»Nie.«

Apollo konzentrierte sich auf die Landung. Als sie aufgesetzt hatten, bemerkte er: »Ich weiß, was vor sich geht. Da hat Starbuck seine Hand im Spiel.«

Der Lieutenant schlenderte, die Waffe in der Hand und eine Zigarre im Mund, zu ihrem Schiff herüber.

Apollo öffnete die Kabinentür und sprang auf das Landefeld. »Du hättest dir für uns zwei nicht soviel Mühe geben müssen«, begrüßte er ihn. »Eine einfache Blaskapelle hätte vollkommen genügt.«

»Ich werd' verrückt!« erwiderte Starbuck. »Dich hätte ich nicht hier erwartet... und *dich*.«

Zögernd kletterte Robber aus dem Schiff. Sie blieb direkt daneben stehen und musterte Starbuck.

Er schob die Waffe in seinen Gürtel und umarmte sie. »Ich freue mich, dich wiederzusehen.«

»Wir sollten es nicht übertreiben«, sagte sie und löste sich langsam von ihm. »Wir brauchen ja nicht gleich zu... aber ich habe dich auch vermißt.«

»Siehst du? Habe ich dich nicht gewarnt, daß du irgendwann merken würdest, wie charmant ich –«

»Ich möchte eure traute Zweisamkeit nicht stören«, unterbrach sie Apollo. »Aber ich glaube wirklich, wir sollten langsam an den Abschied denken.«

»Stimmt etwas nicht?« fragte Starbuck.

»Vielleicht halten die Cyloner nach uns Ausschau«, befürchtete Apollo.

19

»Ach, Mist«, bemerkte Scrapper, »und wir haben wieder nichts von dem Spaß gehabt. Sieht aus, als wäre der Kampf schon vorbei.«

»Für mich ist das okay«, erwiderte Boomer, während sie zu den anderen gingen.

»Wie geht's, Starbuck?« fragte Scrapper und grüßte ihn gleichzeitig mit seiner Metallhand. »Habt ihr vielleicht noch ein paar Gesetzeshüter im Gefängnis versteckt? Zähe Burschen, die nicht aufgeben, ohne eine Schlacht auf Leben und Tod und –«

»Sie haben sich alle ergeben, jeder einzelne von ihnen, kurz bevor ihr beiden aufgetaucht seid«, informierte ihn der Lieutenant.

»Verdammt.« Scrapper stieß mit der Fußspitze ins Gras.

Starbuck tippte Boomer an. »Hast du schon diese ganzen Kisten um uns herum erspäht? Jede einzelne davon enthält Amphoren mit wirklich lange gelagertem Ambrosa«, erklärte er grinsend. »Und jetzt stelle dir vor, du und ich, Boomer, kehren in einem Triumphzug zurück zur *Galactica,* mit ein paar Kisten altem Ambrosa unter dem Arm. Ich werde zwar schon von allen und jedem auf dem Schiff angebetet und geliebt, aber eine solche Heimkehr würde –«

»Wir sollten uns die Gutenachtgeschichten für später aufheben«, schlug Apollo vor, »und uns mit wichtigeren Problemen beschäftigen.«

»Du machst dir Sorgen wegen der Cyloner?« fragte Boomer.

Der Captain nickte und berichtete dann: »Es wurden Signale nach Aeries ausgesandt. Und da die Cyloner genau diesen Planeten in der Hand haben, müssen sie sie empfangen haben.«

»Wer war so blöde, das –«

»Ich«, gestand Robber dem schwarzen Lieutenant. »Ich wußte nicht, daß Aeries von den Feinden kontrolliert wird.«

Starbuck tätschelte ihr tröstend den Hintern. »Es lohnt sich nicht, vergossenem Ambrosa nachzutrauern«, riet er ihr. »Wir müssen uns jetzt nur einen Plan ausdenken, wie wir die Patrouille, die die Cyloner bestimmt schicken, austricksen können.«

»Hast du eine Idee?« fragte Apollo.

Starbuck zog eine seiner verwegenen Zigarren aus der Tasche. Er zündete sie an und paffte ein paar Rauchwolken in die Luft. »Wir brauchen meine neue Spähviper«, erklärte er. »Und das bedeutet, daß wir auf den lieblichen Planetoiden zurückkehren müssen, den wir eben verlassen haben. *Und* die Kiste wieder flugtauglich machen müssen.«

»Dazu haben wir vielleicht gar keine Zeit«, schränkte Apollo ein.

»Wir sollten einfach so tun, als hätten wir sie.« Völlig unvermittelt küßte Starbuck Robber auf die Wange. »Lauf nicht fort, meine Liebe. Ich komme zurück, sobald der Himmel wieder demokratisch ist.«

»Du schuldest mir keine –«

»Ruhe«, sagte er. »Wenn du den Befehlen folgst, wird alles gut.« Er drehte sich auf dem Absatz um und lief zu dem Kampfschiff. »Wer von euch beiden Spätzündern nimmt mich mit?«

Boomer blickte Apollo an. »Sollen wir eine Münze werfen, wem die Ehre –«

»Ich nehme ihn mit«, erklärte sich Apollo bereit. »Ich glaube, ich weiß, was er vorhat und... na ja, es könnte sogar klappen.«

»Ich bin beeindruckt«, gestand Boomer.

»Wie schnell und geschickt ich diese Spähviper wieder flugtauglich gemacht habe?« Starbuck schloß seine Werkzeugkiste und fuhr sich dann mit dem Handrücken über die Stirn.

»Nein, wie gekonnt du jede Frau in jeder Galaxie, durch die wir reisen, um den Finger wickelst«, sagte der Lieutenant. »Als du dich von Robber verabschiedetest, standen Tränen in ihren Augen.«

»Sie hat Heuschnupfen.« Apollo blickte in den Himmel. »Und sie ist allergisch gegen Starbuck.«

Starbuck wischte sich die Handflächen an seinem Hosenboden ab. »Ihr seht mich jeden Tag an Bord des Kampfsterns, deshalb seid ihr abgestumpft. Ihr nehmt meine vielen Vorzüge überhaupt nicht mehr wahr.«

»Ich wünschte, Geschwindigkeit würde dazugehören«, bemerkte Apollo.

»Das tut sie.« Starbuck kletterte in sein Cockpit. »Habe ich die junge Dame nicht erst vor –«

»Sprichst du immer noch über diese ekelhafte Göre?« fragte ihn sein Computer.

»Hallo, Cora.« Starbuck gurtete sich im Pilotensitz fest. »Hast du mich vermißt?«

»Kein bißchen.«

»Nicht einmal ein kleines bißchen?«

»Nein, ich habe mir klargemacht, daß du dich jedem weiblichen Wesen, das dir begegnet, in die Arme wirfst. Und ich werde nicht hier herumsitzen und dir nachtrauern.«

»Aber ich kehre immer zu dir zurück, meine Liebe.« Starbuck grinste seinen beiden Freunden zu. »Ich hebe jetzt ab, Leute. Ihr bleibt hier, um eure Rolle zu spielen, wenn wir den Cylonern eine kleine Überraschung bereiten.«

Apollo beugte sich zu ihm herüber. »Vergiß nicht, mein Freund, daß dein Schiff unbewaffnet ist.«

»Das werde ich kaum vergessen können.«

»Viel Glück«, fügte Boomer an.

»Mit meiner Fingerfertigkeit und Coras Gehirn brauchen wir kein Glück.« Er schloß das Verdeck.

Apollo und Boomer entfernten sich von der Spähviper. Starbuck grinste und winkte ihnen noch einmal zu, dann schoß das Gefährt in die Luft.

»Mit wie vielen Cylonern müssen wir wohl rechnen?« fragte Boomer, während er der aufsteigenden Viper nachblickte.

»Das werden wir bald wissen«, antwortete Apollo.

Cora entdeckte sie zuerst.

»O je«, stöhnte sie. »Da kommen sie.«

»Zeig sie mir.«

»Sieh auf den Bildschirm.«

Starbuck entdeckte drei kleine grüne Lichtflecken auf dem dunklen Schirm. »Nur drei?«

»Aber bewaffnet bis an die Zähne.«

Starbuck stieß eine Rauchwolke aus. »Okay, versuchen wir, ihre Aufmerksamkeit auf uns zu lenken.«

»Bist du wirklich überzeugt, daß du das willst, Süßer?«

Starbuck grinste. »Es wäre vielleicht ein bißchen spät für einen Rückzieher.« Er gab einen Kurs ein, der sie in die Nähe des Cylonertrios bringen würde.

»Das sind drei gegen einen«, ermahnte ihn der Computer, während sie auf ihr gefährliches Ziel zuschossen.

»Drei gegen drei, wenn Apollo und Boomer mir Gesellschaft leisten.«

»Aber du hast keine Waffen.«

»Ich bin mit einem Superhirn bewaffnet«, sagte er.

Er konnte drei nagelneue cylonische Kampfschiffe vor seinem Sichtfenster wachsen sehen.

»Sie feuern in Punkt-Acht-Fünf Centonen«, informierte ihn der Computer.

»Okay, schalte die Booster einen Micron ein, ehe sie loslegen.«

»Wird gemacht, Bucky.«

»Und nenn' mich nicht –«

Die drei Cyloner hatten den Kurs geändert und hielten jetzt genau auf Starbuck zu.

Ihre Laserkanonen eröffneten das Feuer und zogen gleißend helle Streifen durch die ewige Nacht. Aber sie trafen nicht. Die Viper hatte plötzlich beschleunigt und befand sich schon außer Schußweite.

»Hey, das war wunderschön«, rief Starbuck triumphierend, als er die Viper wendete.

»Ja, nicht wahr?« stimmte ihm Cora zu. »Uuch! Da kommen sie schon wieder. Halt dich fest, Süßer.«

Die Cyloner tauchten auf sie herunter. Alle drei Schiffe versuchten, Starbuck einzuholen.

Er wendete blitzschnell, beschleunigte wieder und entkam von neuem ihren Laserstrahlen.

»Wie wär's, wenn wir jetzt unsere Falle aufstellten?« Er wendete und zog auf den Planetoiden herunter. »Ich wette, unseren cylonischen Freunden wird diese Überraschung gefallen.«

20

»Er hat sie an der Leine«, kündigte Apollo nach einem Blick auf seinem Scanner an. »Los, Boomer.«

Wenige Augenblicke später jagte die Viper des Captains in den Himmel. Boomers Schiff folgte.

Beide Vipers tauchten hinter den drei Cylonern auf, die Starbuck nachstellten. Apollo wählte das cylonische Schiff auf der rechten Flanke. Der Abstand zwischen ihnen wurde immer kleiner.

»Überraschung«, kommentierte er, als er seine Laserkanonen abfeuerte.

Die Strahlen zuckten durch die Dunkelheit zwischen den beiden Schiffen.

Das cylonische Schiff erglühte plötzlich. Es schien für einen Augenblick innezuhalten und explodierte dann. Die Einzelteile stoben auseinander.

Das Schiff, hinter dem Boomer her war, hatte ihn bemerkt, bevor er den ersten Schuß abgeben konnte. Es brach aus der Formation aus und schwenkte nach links ab. Boomer folgte ihm. Der dritte Cyloner bemerkte ihn auch. Er drehte ab und nahm Kurs auf Boomer.

»O je, der eine Cyloner hängt an Boomer«, erkannte Starbuck.

»Armer Junge.«

»Spar dir das Mitleid, Cora«, befahl der Lieutenant. »Mehr Geschwindigkeit.« Er zog einen weiten Bogen.

»Was hast du vor?«

»Ich werde diesen cylonischen Trottel von seinem Kurs abbringen«, erklärte Starbuck ungeduldig. »Wir müssen zwischen ihm und Boomer hindurchstoßen. Das wird –«

»Das ist schwieriger, als eine Nadel einzufädeln.«

»Gib mir Maximalgeschwindigkeit.«

»Das hältst du nicht durch. Du wirst ohnmächtig.«

»Aber du nicht, Kindchen. Also, genug geredet.«

Apollo war Zeuge des Manövers, aber er konnte es einfach nicht glauben. Er war mit seiner Viper abgeschwenkt, um Boomer zu Hilfe zu kommen.

Er sah, daß das zweite cylonische Schiff dem Lieutenant immer dichter auf den Leib rückte. Er holte sein Mikrophon vor, um Boomer zu warnen.

Aber in diesem Augenblick zischte etwas durch die Dunkelheit. Es durchschnitt die schmale Lücke, die Boomer von seinem Verfolger trennte.

Der Cyloner versuchte abzudrehen, um die vermeintlich sichere Kollision zu vermeiden. Starbucks Viper schoß unbeschadet durch die Lücke.

In diesem Moment feuerte Boomer auf das Schiff, das er verfolgte. Sein zweiter Schuß verwandelte das cylonische Flugobjekt in einen riesigen Feuerball.

Apollo schlich sich an das übriggebliebene Jagdschiff heran, das immer noch nicht wieder ganz stabil flog.

Er feuerte seine Laserkanonen darauf ab und erledigte den letzten Cyloner.

»Boomer? Alles okay, mein Freund?«

»Ja, alles in Ordnung«, antwortete der Lieutenant. »Danke für deinen Beistand.«

»Das war eine reife Flugleistung, Starbuck.«

Keine Antwort.

»Starbuck?«

»Oh, der arme Junge ist nicht bei sich«, antwortete Cora.

»Ich habe dich gewarnt, daß es dir weh tun würde. Jetzt bist du ohnmächtig, dein armes liebes Gehirn ist ganz durcheinander und niemand weiß, was dir sonst noch fehlt –«

»Huh?«

»Wenigstens kannst du noch stöhnen.«

»Cora?« Starbuck blinzelte. »Wie waren wir?«

»Dein kleiner Trick hat geklappt.«

Er rieb seine Wangenknochen. »Warum bist du dann so traurig, mein Schatz?«

»Ich dachte, du wärst tot oder etwas Schlimmeres.«

»Nur eine kleine Ohnmacht«, versicherte er ihr. »Ist Boomer okay?«

»Ja. Captain Apollo zerstörte das cylonische Kampfschiff, das ihn verfolgte«, antwortete der Computer. »Lieutenant Boomer kümmerte sich um das zweite Schiff.«

»Ausgezeichnet«, urteilte Starbuck. »Drei von dreien, das ist ein verdammt gutes Ergebnis.«

»Ich glaube, du solltest mir erlauben, dich zu untersuchen«, schlug Cora vor. »Du kannst nicht wissen, welche heimtückischen und entsetzlichen inneren Verletzungen du hast.«

»Mir geht es großartig«, lehnte er ab. »Laß uns auf Proteus zurückkehren.«

»Müssen wir?«

»Die Pflicht ruft.«

»Pflicht?« Der Computer ließ ein schniefendes Geräusch vernehmen. »Ich glaube eher diese grauenhafte gesetzlose Frau.«

21

Starbuck schlug sich auf die Brust. »Ich versichere dir«, sagte er zu Apollo, »ich bin in bester Verfassung.«

»Dein Blick ist immer noch ein bißchen glasig, alter Freund.«

Sie befanden sich auf dem Landefeld auf Proteus, neben ihren gerade gelandeten Vipers.

»Er sieht immer so aus«, bemerkte Boomer.

»Heute aber noch mehr als sonst.« Apollo legte seine Hand auf Starbucks Schulter. »Eine solche Ohnmacht kann –«

»Wirklich, Oma, mir geht's gut.« Starbuck zauberte eine Zigarre hervor. »Ich weiß deine Fürsorge zu schätzen, aber mir fehlt nichts.«

»Das war wirklich eine reife Leistung, wie du mir diesen Cyloner vom Hals geschafft hast«, lobte ihn Boomer.

»Mit meiner neuen Viper und meinem beachtlichen Geschick, liegen solche Flugkünste durchaus im Bereich des Möglichen«, antwortete Starbuck bescheiden.

»Die Cyloner schicken vielleicht eine neue Patrouille aus.« Apollo beobachtete die befreiten Gefangenen, die in kleinen Grüppchen auf dem überwucherten Landefeld herumstanden.

»Du meinst, hier auf Proteus ist niemand sicher?« fragte Boomer.

Starbuck zündete seine Zigarre an. »Sollen wir sie alle mit auf die *Galactica* nehmen?« fragte er. »Wenn wir die Fähren und die Polizeischiffe benützen, können wir vielleicht eine Karawane zusammenstellen, die –«

»Vielleicht wollen sie nicht alle mitkommen«, wandte Apollo ein.

»So anziehend ist Proteus auch wieder nicht«, erwiderte Starbuck.

»Was immer wir tun wollen, wir müssen es bald tun«, entschied der Captain. »Wir sollten an Bord der *Galactica* sein, bevor noch mehr Cyloner in dieser Galaxie auftauchen.«

»Am besten«, schlug Boomer vor, »rufen wir alle zusammen, und du sprichst zu ihnen ein paar passende Worte.«

Nach der kurzen, eindringlichen Ansprache suchte Starbuck nach Robber.

Er fand sie allein am Rande des Feldes sitzen. Er hockte sich auf eine Kiste hinter ihr und fragte: »Nun?«

»Im Grunde«, antwortete die junge dunkelhaarige Frau, »bin ich eine Einzelgängerin.«

»Du klingst wie Scrapper.«

Robber zuckte mit den Achseln. »Wir sind uns in manchem ähnlich«, entgegnete sie. »Ich glaube nicht, daß mir ein Flüchtlingsleben an Bord eurer Flotte gefallen würde.«

»Das hört sich an, als wollten wir euch alle in einen Pferch treiben«, sagte Starbuck.

»Ich mag das Leben, das ich hier führe. Von Asteroid zu Asteroid zu fliegen«, erklärte sie ihm. »Niemand kritisiert mich, wenn ich von Zeit zu Zeit alleine sein will, und das will ich ganz bestimmt.«

Er nahm ihre Hand. »Aber du hast versucht, Kontakt mit Aeries aufzunehmen«, erinnerte er sie. »Du hast mein Schiff genommen, damit du dorthin kommst.«

»Ich war neugierig«, antwortete Robber. »Und unruhig. Das passiert mir manchmal.«

»Paß auf«, schlug er ihr vor. »Wenn du dir wegen mir Sorgen machst, vergiß sie. Ich werde dich nicht mit Aufmerksamkeiten überhäufen, wenn wir an Bord der *Galactica* sind, ich werde mich auch nicht so aufführen, als wärst du mein ein und alles und –«

»Nein, ich vermute, du hast noch genug andere Frauen, die –«

»Ich glaube, du siehst das falsch«, fiel er ihr ins Wort. »Ich mag dich, Robber. Verdammt, das habe ich doch bewiesen. Ich sage nur, wenn du auf die *Galactica* kommst, wirst du nicht Starbucks Protegé sein. Du kannst mich so oft oder so selten sehen, wie du willst.«

»Das verstehe ich, ja.«

»Da bin ich mir nicht sicher, wenn du zu mir wie ein kleines, trauriges Mädchen sprichst«, erwiderte er. »Ich hätte es nur verdammt gern, wenn du von Proteus wegkommst. Es ist ziemlich wahrscheinlich, daß binnen kürzester Zeit noch mehr Cyloner hier aufkreuzen.«

»Ich habe gehört, wie die Gefangenen sich unterhalten haben, während du fort warst«, sagte sie. »Viele von ihnen wollen hierbleiben.«

»Hier, auf Proteus? Warum sollten –«

»Es ist ihre Heimat. Sie glauben, sie können hier genug anpflanzen, um zu überleben.«

»Die Cyloner könnten ihnen einen Strich durch die Rechnung machen.«

»Das ganze Leben ist ein Spiel.«

»Bestimmt würden manche Menschen lieber als Bauern leben, statt mit zur Flotte zu kommen«, gestand er ein. »Aber das trifft auf dich nicht zu.«

»Stimmt, aber –«

»Warte«, unterbrach er sie und hielt eine Hand hoch. »Wie wäre es mit einem Kompromiß? Manche der Exgefangenen werden mit uns gehen wollen. Wir brauchen gute Piloten, die die Fähren und Kampfschiffe fliegen können. Du bist eine ausgezeichnete Pilotin.«

»Es gibt andere, die genauso gut sind.«

»Aber nicht so attraktiv. Warum fliegst du nicht wenigstens eine Ladung von Passagieren zum Kampfstern«, schlug er vor. »Dann kannst du dich umsehen und dich entscheiden, ob es dir dort gefällt. Wenn nicht, kannst du immer noch zurückfliegen.«

Robber überdachte seinen Vorschlag. »Ich schulde dir sowieso einen Gefallen«, meinte sie, »nachdem ich dir so viel Unannehmlichkeiten bereitet habe.«

»Du schuldest mir *gar nichts,* aber wenn du möchtest –«

»Ich will.«

»Großartig.« Er umarmte sie.

»Das ist Selbstmord!« sagte Boomer.

»Wir können niemanden zwingen, mit uns zu kommen«, erwiderte Apollo.

»Seht es doch einmal von der positiven Seite«, wandte Starbuck ein. »Vielleicht können sie sich um die Cyloner kümmern, die ihre Nase in diesen Teil des Universums stecken.«

»Sich mit Cylonern herumzuärgern, ist nicht gerade meine Vorstellung von einem angenehmen Leben«, widersprach der Lieutenant.

»Und wir wissen nicht, wie viele Schiffe sie das nächste Mal schikken werden.« Apollo stand neben seiner Viper.

Ungefähr zwanzig befreite Gefangene wollten von Proteus mit zur *Galactica* kommen. Mehr als doppelt so viele hatten sich entschieden, dazubleiben.

Drei Fähren wurden mit den Passagieren vollgeladen und, auf Starbucks Vorschlag hin, ein paar Kisten Ambrosa. Robber, die die erste Fähre fliegen sollte, überwachte die Verladearbeiten.

Starbuck, eine Zigarre im Mund, sah ihr zu, während er sich mit seinen Freunden unterhielt.

»Die Leute, die bleiben«, überlegte Boomer, »sollten die Möglichkeit haben, ihre Entscheidung zu revidieren. Wenn die Cyloner kommen und –«

»Starbuck hat vielleicht recht«, stimmte Apollo zu. »Wir können versuchen, das zu verhindern.«

»Für die erste Zeit vielleicht«, schränkte Boomer ein. »Aber wir können nicht alle ihre Kampfschiffe ausschalten.«

»Warum schaut ihr so traurig drein?« Scrapper gesellte sich grinsend zu ihnen.

»Boomer hat immer Schwierigkeiten mit Abschieden und Trennungen«, bemerkte Starbuck.

»So weit ich es sehe, gibt es einen höheren Plan für alles«, sagte Scrapper. »Menschen treffen sich, und Menschen trennen sich; und irgendwie klappt es doch. Meistens wenigstens.«

»Bist du sicher, daß du nicht mitfliegen willst?« fragte ihn Starbuck.

»Ja, aber danke, daß du mich noch mal eingeladen hast«, erwiderte Scrapper. »Aber ich bin einfach nicht dazu geschaffen, in einer Meute zu leben, Starbuck.«

»Du würdest gut auf den Kampfstern passen«, erklärte ihm Starbuck. »Mit diesem Kunstarm könntest du alle möglichen –«

»Nee, ich bleibe hier.« Er deutete mit seinem Metalldaumen in den Himmel. »Hier und auf dem Planetoiden, wo wir uns getroffen haben.«

Starbuck zuckte resigniert mit den Achseln: »Okay. Ich wünschte trotzdem, du kämst mit.«

Scrapper beugte sich zu ihm herüber. »Tu mir aber einen Gefallen«, bat er ruhig. »Kümmere dich um Robber, paß auf, daß es ihr gut geht.«

»Das werde ich«, versprach Starbuck.

22

Der Imperious Leader saß auf seinem Podest: »Du bringst mir keine guten Neuigkeiten?«

Der Centurion bestätigte das mit einer kurzen Verbeugung. »Darf ich sprechen?«

»Gewährt.«

»Die drei Kampfschiffe, die ausgeschickt wurden, um den Ursprung der auf Aeries empfangenen Signale zu erkunden, haben keine Verbindung mehr mit uns. Ich schließe daraus, daß sie zerstört wurden.«

Das Podest flackerte und blitzte in dem dunklen Raum. »Drei weitere Schiffe müssen ausgeschickt werden.«

»Das wird sofort geschehen.«

»Sie werden mir genauen Bericht erstatten.«

Der Centurion verbeugte sich tief und verließ den Raum.

Als Commander Adama auf die Brücke trat, kam Colonel Tigh sofort zu ihm, einen zufriedenen Ausdruck auf dem Gesicht.

»Es gibt gute Neuigkeiten«, meldete Tigh.

»Ich höre.«

»Apollo und Boomer haben Starbuck gefunden«, fuhr der Colonel fort. »Er und die Spähviper Eins befinden sich in guter Verfassung.«

Adama nickte.

»Sie sind auf drei Schiffe gestoßen«, berichtete Tigh weiter. »Alle drei wurden zerstört.«

»Anscheinend haben wir gewonnen«, faßte Adama zusammen. »Für den Augenblick wenigstens.«

»Da die Cyloner verschwunden sind, brauchen wir unseren Kurs nicht zu ändern«, folgerte Tigh. »Das bedeutet, daß die Vipers und die anderen Schiffe zu uns stoßen können.«

»Anderen Schiffe?«

»Sie führen einen Konvoi von mehreren Fähren an«, erklärte Colonel Tigh. »Sie bringen Menschen, die von einem kleinen Asteroiden mit dem Namen Proteus gerettet wurden.«

»Ich bin sicher, wir können sie unterbringen.«

»Apollos Bericht nach haben die meisten in einem Gefängnis auf Proteus gehaust.«

»Es sind Kriminelle?«

»Apollo versicherte mir, daß sie es nicht sind«, berichtete Tigh. »Er wird alles erklären, wenn sie angekommen sind. Lieutenant Starbuck wird ihm dabei helfen.«

»Ja, ich kann mir vorstellen, daß Starbuck einen interessanten Bericht zu erstatten hat.« Adama blickte durch ein Fenster in die Schwärze draußen.

»Ich habe das Landedeck einsatzbereit machen lassen.«

Adama runzelte die Stirn. »Die Cyloner mögen es nicht, wenn sie geschlagen werden.«

»Die wenigsten Krieger mögen das.«

»Sie werden mit Bestimmtheit mehr Schiffe ausschicken.«

»Wir sind darauf vorbereitet.«

»Das hoffe ich«, schloß der Commander.

Athena saß allein an einem Tisch in der Lounge. Ihr schlanker Rükken war den Sichtfenstern zugewandt, und sie schien sich auf ihren Zeigefinger zu konzentrieren, mit dem sie ungeduldig gegen ihr Glas klopfte.

»Darf ich mich dazusetzen?«

»Natürlich... ach, du bist es.«

Cassiopeia nahm auf dem Stuhl ihr gegenüber Platz. »Fühlst du dich traurig?«

»Vor allem, seit du hier bist, Cass, meine Liebe.«

Die Blondine lächelte zaghaft. »Ich bin vorbeigekommen, um dir einen Waffenstillstand vorzuschlagen«, sagte sie.

Athena blickte auf. »Wir sind nicht im Krieg.«

»Ich weiß, aber –«

»In einem Krieg gibt es immer zwei Parteien, die sich um den Besitz eines wertvollen Eigentums streiten.«

Cassiopeia lächelte. »Soll das heißen, daß es sich nicht lohnt, wegen Starbuck zu streiten?«

»Ganz recht«, bestätigte Athena. »Und dazu kommt noch, daß ich gar kein Interesse daran habe, ihn zu besitzen – nicht einmal für kurze Zeit.«

»Er ist eine Ratte, nicht wahr? Uns beide zum Essen einzuladen, und uns beiden vorzumachen, jede wäre –«

»Starbuck hätte das nicht versucht, mein Schatz, wenn du dich ihm nicht aufgedrängt und ihn überredet hättest –«

»Ich?« Cassiopeia legte eine Hand auf ihre Brust. »Du warst es doch, meine Süße, die so lange keine Ruhe gegeben hat, bis –«

»Führst du so deine Waffenstillstandsverhandlungen?«

»Du hast recht.« Cassiopeia entspannte sich in ihrem Stuhl. »Ich glaube, du hast die richtige Einstellung dazu. Es lohnt sich nicht, über ihn zu streiten.«

»Vor allem jetzt nicht.«

Sie setzte sich auf. »Was ist passiert?« fragte sie stirnrunzelnd. »Er ist auf dem sicheren Heimweg, oder nicht?«

»Sicher. Und er bringt ein paar Fähren voller junger, hübscher Frauen mit.«

»Wirklich? Wie hat er das geschafft?«

»Es sind entflohene Sträflinge oder so ähnlich«, erklärte Athena. »Er hat sie von einem Asteroiden gerettet. Die Details konnte ich nicht aus Apollos Bericht erkennen.«

»Na, dann weißt du auch nicht, ob Starbuck dafür verantwortlich ist, daß sie hierher kommen, oder Apollo oder Boomer.«

Athena senkte den Kopf und blickte die andere junge Frau durchdringend an. »Bezweifelst du allen Ernstes, daß es Starbucks Idee war?«

»Eigentlich nicht.«

»Genau.«

23

Cora, der Computer, bemerkte: »Es ist wirklich eine Schande.«

»Was ist?« fragte Starbuck.

»Die Art, wie du dich verhältst«, hielt sie ihm vor.

»Ich hatte den Eindruck, ich verhalte mich ausgezeichnet.«

»Zum Beispiel«, erklärte Cora, »nehmen wir die Art, wie du dich in genau diesem Augenblick benimmst.«

»Ah, ich verstehe langsam, Kindchen.«

Er hatte die Geschwindigkeit der Spähviper heruntergesetzt und ließ sich zurückfallen, um neben der Fähre, die von Robber geflogen wurde, zu treiben.

»Du hast ein Schiff«, stellte der Computer fest, »mit dem du durch den Raum flitzen kannst, aber du, du schleichst hier –«

»Wir *eskortieren* diese Schiffe zurück zum Kampfstern«, ermahnte er sie. »Das bedeutet, daß wir sie im Auge behalten müssen. Das hier ist kein Wettrennen.«

»Soweit ich diese Göre kenne, kann sie ausgezeichnet für sich allein sorgen.«

»Du läßt dich von ihrem Aussehen irreführen«, widersprach der Lieutenant. »In ihrem Innersten ist sie keineswegs so –«

»Und ist das nicht ein entzückender Name? Wird das nicht wunderschön klingen, wenn ihr verheiratet seid? ›Wie geht es Ihnen? Mein Name ist Robber Starbuck und –‹«

»Schon gut, Cora«, unterbrach er sie. »Ich gedenke weder Robber noch jemand anderen zu heiraten. Wenn ich mich für eine junge Dame interessiere, heißt das noch lange nicht, daß ich gleich –«

»Ich weiß schon, daß du dich für junge Damen interessierst. Ich habe dein Dossier durchgesehen, von dem Zeitpunkt an, wo du –«

»Wenn du das getan hast, dann weißt du auch, was für ein sauberer, ordentlicher Junge ich bin.« Er zündete sich eine Zigarre an. »Frauen mögen mich einfach, weil ich mich für ihre Interessen einsetze.«

»Gewäsch.«

»Irgendwie müssen sie dich falsch konstruiert haben«, bemerkte Starbuck. »Ich glaube langsam, du bist wirklich eifersüchtig.«

»O je«, stöhnte der Computer.

»Was?«

»Ich habe etwas auf den Scannern«, antwortete Cora.

»Cyloner?«

»Ich fürchte fast, Schatz«, antwortete sie bedauernd. »Noch einmal drei, die genau auf uns zukommen.«

Robber hatte versucht, sich ganz auf ihre Aufgabe zu konzentrieren und alle Gedanken, wie es auf der *Galactica* werden würde, zu verdrängen. Sie war sich wohl bewußt, daß Starbucks Viper neben ihrem Schiff flog.

Sie würde sich wirklich klar darüber werden müssen –

»...oder nicht?«

Robber wurde sich plötzlich bewußt, daß Assault, der neben ihr saß, sie etwas gefragt hatte. »Was ist?«

»Ich sagte eben, wir tun das Richtige«, wiederholte der bärtige Mann.

»Ja, das finde ich auch.«

»Aber ich habe das Gefühl, daß du dich noch nicht entschieden hast.«

»Ich glaube doch.«

»Wie lange kennst du ihn schon?«

»Starbuck? Noch nicht lang, noch gar nicht lang.«

Assault kratzte sich am Bart. »Das hätte ich nicht gedacht. Ich hatte den Eindruck, ihr seid schon ziemlich vertraut.«

»Das passiert manchmal. Du triffst jemanden, und du hast das Gefühl, du kennst ihn schon ewig.«

»Kann ich schwer beurteilen«, meinte er. »Im Gefängnis... na, du weißt, wie das war. Du wächst mit denselben Menschen auf, sogar mit denselben Wächtern. Es gab wenige Gelegenheiten, jemanden neu kennenzulernen.«

»Auf der *Galactica* wird sich das bestimmt ändern«, erklärte ihm Robber. »Dort gibt es alle möglichen Menschen.«

Assault nickte. »Du warst schon immer mutiger als die meisten von uns. Das Gefängnis zu verlassen, als du noch ein Kind warst, alleine fortzugehen und –«

»Ich war kein Kind mehr, ich war siebzehn«, stellte Robber richtig. »Als meine Mutter gestorben war, wußte ich, daß ich fort mußte.«

»Glaubst du, du wirst auf der *Galactica* bleiben?«

»Eine Weile«, antwortete sie. »Bis ich es nicht mehr aushalte.«

Er blickte kurz aus dem Fenster. »Und du hast überhaupt keine Angst?«

»Ich fühle mich vielleicht ein bißchen unwohl. Ich bin nicht besonders damenhaft, und ich möchte nicht, daß man mich für einen rohen Klotz hält.«

Assault kicherte. »Darüber brauchst du dir keine Sorgen zu machen«, versicherte er ihr.

»Das werden wir sehen.«

»Ich verstehe, was dich beschäftigt. Du hast Angst, daß Starbuck, wenn er dich mit den Damen auf der *Galactica* vergleicht, dich vielleicht gar nicht mehr so attraktiv findet.«

»Etwas in der Art.«

Assault kratzte sich wieder am Bart. »Natürlich habe ich selbst diese Damen nie gesehen«, fuhr er fort. »Aber ich glaube, du kannst dich mit ihnen messen.«

»Danke«, sagte sie.

»Es wird ganz anders sein, auf einem gigantischen Raumschiff zu leben, das immer unterwegs ist.«

»Es wird nicht so eng sein wie im Gefängnis«, vermutete sie richtig. »Und vielleicht wird die *Galactica,* wie Captain Apollo hofft, irgendwann einmal ihr Ziel erreichen.«

»Die Erde«, murmelte Assault. »Vielleicht gibt es sie aber auch überhaupt nicht.«

»Ich glaube, sie existiert.«

»Warum?«

»Vor allem, weil *sie* so überzeugt sind, daß es sie gibt: Apollo, Boomer und Starbuck«, antwortete Robber.

»Haltet euch fest«, kam Starbucks Stimme aus dem Mikrophon in der Instrumententafel. »Oder noch besser, macht eure Waffen gefechtsklar.«

»Das klingt schlecht«, meinte Robber.

»Es könnte schlimmer sein.«

»Warum?«

Nach einem Augenblick antwortete er. »Na ja, es fällt mir im Augenblick kein passendes Beispiel ein. Also geht an die Waffen, haltet die Augen offen und betet. Sieht ganz so aus, als stünde uns ein Kampf bevor.«

Starbuck fragte: »Siehst du sie schon, Apollo, alter Freund?«

»Ja, da kommen sie«, antwortete der Captain. »Drei Schiffe.«

»Das ist nicht so schlimm. Sie hätten auch ein halbes Dutzend schikken können.«

»Vielleicht versuchen sie dies das nächste Mal.«

»Ich bleibe hier hinten und passe auf die Fähren auf«, sprach Starbuck in sein Mikrophon.

»Diese Kisten sind zwar bewaffnet«, bemerkte Apollo, »aber ich glaube nicht, daß sie ernsthafte Gegner für ein cylonisches Kampfschiff darstellen.«

»Wir müssen uns mit dem begnügen, was wir haben.«

»Ich unterhalte mich später weiter mit dir, mein Freund. Erst einmal werde ich unsere Besucher begrüßen.«

Starbuck zog an seiner Zigarre und warf einen Blick aus dem Cockpitfenster.

Weit draußen in der Dunkelheit konnte er gerade noch die zwei Vipers ausmachen, die auf die näherkommenden cylonischen Kampfschiffe zuflogen.

Er nahm wieder sein Mikrophon auf und stellte eine Verbindung mit Robber her. »Ich habe visuellen Kontakt mit unseren Freunden«, erklärte er ihr. »Drei Schiffe, genau wie die letzte Patrouille, mit der wir uns herumärgern mußten.«

»Glaubst du, Apollo und Boomer können sie aufhalten?«

»Ich wette schon, aber... hey! Apollo hat einen erledigt!«

Der explodierende Cyloner zauberte einen riesigen rotgelben Fleck auf den schwarzen Hintergrund.

»Es wäre schön, wenn sie die beiden anderen auch ausschalten könnten«, ertönte Robbers Stimme. »Wir haben nämlich unsere Laserkanonen überprüft, Starbuck, und entdeckt, daß nur eine einzige davon funktioniert.«

»Was? Hat niemand daran gedacht, die Waffen zu überprüfen, bevor wir starteten?«

»Wenn du dich noch erinnerst, war unser Aufbruch ziemlich eilig.«

»Ja, stimmt.«

»Forger arbeitet an den Waffen«, informierte sie ihn. »Er ist geschickt in technischen Dingen.«

»Hoffentlich ist er auch schnell.«

»Ich beherrsche eine Menge Ausweichmanöver«, sagte Robber. »Vielleicht könnten –«

»Warte! Ein Cyloner ist an Boomer vorbeigeflogen. Er kommt auf uns zu!«

»Auf dich?«

»Ich glaube«, stellte Starbuck richtig, »er hat es eher auf dich abgesehen, Kindchen.«

»Verdammt«, bemerkte Lieutenant Boomer.

Er flog einen Looping, um sich hinter das cylonische Schiff zu setzen, das ihn ausmanövriert hatte. Der Cyloner schoß auf die erste Fähre zu.

»Sie ist eine zähe Dame, aber ich glaube nicht, daß sie den Cyloner austricksen kann«, befürchtete Boomer. »Nicht mit einer klapprigen Kiste wie ihrer.«

Er beschleunigte und verringerte die Distanz zwischen ihm und dem Kampfschiff. Dann bemerkte er Starbuck.

Starbuck hielt genau auf den Cyloner zu. Er jagte fast mit Maximalgeschwindigkeit durch den Raum. Es schien keine Möglichkeit zu geben, eine Kollision mit dem Kampfschiff zu vermeiden.

»Starbuck!« schrie Boomer in sein Mikrophon. »Dreh ab, du Idiot! Das schaffst du nicht!«

Starbuck saß zusammengekauert im Pilotensitz der Spähviper Eins, eine Zigarre fest zwischen die Zähne geklemmt. »Laß mich nicht im Stich, Cora, meine Liebe.«

»Irgendwann«, tadelte sie ihn, »wirst du dich mit deiner Tollkühnheit –«

»Irgendwann vielleicht, aber nicht heute, meine Liebe.«

»Die Chancen, daß wir auf dieses niederträchtige cylonische Gefährt prallen, stehen –«

»In meiner Jugend spielten wir ein ähnliches Spiel mit unseren Skycars«, erzählte er dem Computer, während sie auf das Schiff zurasten, das Robber angriff. »Wir nannten es Hühnchenspiel.«

»Ein kindliches männliches –«

»Ruhe, Cora.«

Wenn der Cyloner nicht abdrehte und Starbuck auswich, würde es eine eindrucksvolle Kollision geben.

»Dieser verdammte Idiot«, schrie Assault. »Jetzt ist es um ihn geschehen.«

»Starbuck weiß, was er tut«, widersprach Robber, während sie versuchte, die klapprige Fähre vor dem angreifenden cylonischen Kampfschiff in Sicherheit zu bringen.

»Das ist glatter Selbstmord«, wiederholte der bärtige Mann.

Der Cyloner gab im letzten Augenblick auf, zog zur Seite und drehte von der Fähre ab. Starbucks Viper jagte durch den leeren Raum zwischen ihm und der Fähre.

Lieutenant Boomers Viper kam angeflogen.

Bevor der Cyloner sein Manöver beendet hatte, zischten Laserstrahlen aus Boomers Geschütz durch die Dunkelheit.

Die Lichtnadeln gruben sich in den Bauch des cylonischen Schiffes. Es begann zu vibrieren, schaukeln und taumeln. Dann explodierte es.

Robber seufzte erleichtert. »Er hat uns gerettet«, sagte sie.

»Alles in Ordnung an Bord?« wollte Starbuck wissen.

»Hier schon. Und du?«

»Frisch wie der junge Morgen«, antwortete er.

»Ich wußte gar nicht, daß du so selbstmörderisch bist, aber vielen Dank.«

»Du fängst schon an zu reden wie Cora«, warnte sie Starbuck. »Es ist kein Selbstmord, wenn du genau weißt, was du tust. Und falls unser ehemaliger cylonischer Freund nicht aufgegeben hätte, hätte ich immer noch wenden und etwas anderes versuchen können.«

»Vielen Dank für deinen Einsatz«, wiederholte sie.

»Vielleicht ist es euch nicht aufgefallen«, fügte Starbuck hinzu, »aber während Boomer und ich hier Spiele spielten, hat sich Apollo um den dritten Cyloner gekümmert. Und deshalb, Kindchen, steht jetzt einem ruhigen und sicheren Heimweg nichts mehr im Wege.«

24

Starbuck wandte sich an Cora: »Ich möchte mich bei dir für einen äußerst angenehmen Ausflug bedanken.« Er löste seinen Sicherheitsgurt.

»Ich schätze, das ist jetzt der Abschied«, antwortete der Computer mit bedrückter Stimme.

»Hey, wir werden noch öfter zusammen fliegen.« Starbuck blickte auf das Landedeck der *Galactica.* Eine Bodencrew näherte sich seinem gerade gelandeten Schiff.

»Ich… ich werde dich vermissen.«

Cora produzierte ein trauriges, seufzendes Geräusch.

»Mir geht es ebenso, meine Liebe.« Er öffnete das Verdeck und trat nach draußen. Er streckte sich, kratzte sich und holte dann eine frische Zigarre aus seiner Tasche.

»Verblüffend«, bemerkte Apollo, der zu ihm kam.

»Was? Meine unglaublichen Flugkünste?«

»Dein unglaubliches Glück.«

»Du nennst es Glück, aber in Wirklichkeit ist es Können. Reines Können.« Sie gingen hinüber zu dem Landeplatz für die Fähren.

»Na, ich muß zugeben, du bist verdammt gut mit der neuen Viper umgegangen.«

»Das bin ich«, stimmte Starbuck zu und hielt kurz inne, um sich seine Zigarre anzuzünden.

»Glaubst du, sie paßt dazu?«

Die erste Fähre setzte zur Landung an.

»Robber? Bestimmt. Sie ist anpassungsfähig.«

»Die junge Dame mag dich sehr gern.«

»Fast alle weiblichen…« Starbuck runzelte die Stirn und wurde einen Augenblick lang ernst. »Ich weiß. Ich fühle mich verantwortlich für sie und… ich mag sie auch.«

»Aber?«

»Ich kann mich einfach nicht auf eine einzige Frau beschränken.«

»Ich glaube, das weiß sie, alter Freund.«

Starbuck nickte. »Gut, dann laß uns hinübergehen und Empfangskomitee spielen.«

»Welche, glaubst du, ist es?« fragte Athena.

Cassiopeia zuckte mit den Achseln. »Warum sollten wir uns auf eine beschränken? Vielleicht ist es ein ganzer Haufen?«

Die beiden jungen Frauen standen am Rand der Gruppe von Zuschauern, die beobachteten, wie die Fähren landeten und die Passagiere ausstiegen.

»Diese Blondine da?« schlug Athena vor.

»Nein.« Cassiopeia schüttelte den Kopf. »Sie ist zu... äh... füllig.«

»Vergiß nicht, daß Starbuck Blondinen mag.«

»Aber solche nicht.«

»Wie steht es mit dem Rotschopf?«

»Zu dürr«, entschied Cassiopeia. »Starbuck interessiert sich zwar manchmal für untergewichtige Frauen, wie du weißt, aber –«

»Da ist er. Er drängt sich zu den Schleusen der Fähre vor.«

»Ja, und er wirft seine Zigarre fort.«

»Das bedeutet«, schloß Athena, »daß er jemand ganz Besonderen begrüßen will.«

»Den großen Mann mit dem Bart? Das kann nicht stimmen.«

»Na ja, sie schütteln sich die Hände – sehr herzlich.«

»Ich kenne Starbuck. Er würde für einen herzlichen Handschlag bestimmt keine Zigarre wegschmeißen.«

»Du hast recht. Sieh ihn dir jetzt an«, sagte Athena, Mißbilligung in der Stimme.

»Er umarmt dieses ungewaschene Mädchen.«

»Sie ist noch ein Kind, nicht älter als zwanzig.«

»Und größer als er.«

»Na ja, er hat schon immer gesagt, daß er eine Frau will, zu der er aufsehen kann.«

»Sieh nur, wie sie seine Umarmung erwidert«, bemerkte Cassiopeia. »Sie mag ihn offensichtlich.«

»Glaubst du, daß ihre Kleidung der Mode in dieser Galaxie entspricht?«

»Ich hoffe nicht. Ihre Hosen sind ja fast nur Fetzen.«

»Und ihre Haare«, ergänzte Athena. »Zu lang, zu ungekämmt.«

»Und was für eine Farbe. Eine Art stumpfes, schmutziges Schwarz.«

»Vielleicht ist es gar nicht so dunkel. Offensichtlich wäscht sie sich nicht allzu oft.« Athena seufzte und schüttelte den Kopf. »Könnte es sein, daß ihn die neue Viper irgendwie durcheinandergebracht hat?«

»Er zeigte schon Geschmacksverirrungen, bevor er startete«, bemerkte Cassiopeia bissig. »Als er dich zum Essen ausführte, wußte ich, daß etwas mit ihm nicht in Ordnung ist.«

»Ich spreche nicht über seine Geschmacksverirrungen, bevor er startete«, erwiderte Athena. »Obwohl die Tatsache, daß er sich mit dir sehen läßt, eigentlich darauf hinweist –«

»Wir sollten uns nicht streiten. Nur gemeinsam sind wir stark.«

Athena nickte. »Du hast ganz bestimmt recht, Cass«, stimmte sie zu. »Wir müssen uns gemeinsam gegen einen gemeinsamen Feind stellen.«

»Wenn wir uns um sie gekümmert haben, können wir uns immer noch unseren eigenen… oh! Paß auf, Starbuck scheint sie genau zu uns bringen zu wollen.«

»Meine Damen«, sagte Starbuck grinsend, als er mit Robber vor ihnen stand. »Ich möchte, daß ihr beiden eine gute Freundin von mir kennenlernt. Ich bin überzeugt, ihr werdet euch schnell anfreunden.«

»Oh, natürlich«, lächelte Athena.

»Ganz bestimmt«, lächelte Cassiopeia.

Robber saß auf der Bettkante und ließ die Beine baumeln. Sie hatte ihr linkes Auge halb zugekniffen und musterte die Kabine, die ihr zugewiesen worden war. »Gemütlicher als eine Gefängniszelle«, entschied sie, »und auch größer.«

Sie stand auf und begann, den Raum zu erforschen. Sie öffnete eine Tür und bemerkte: »Nette Sanitäreinrichtung auch.«

Sie hielt inne und studierte ihr Gesicht im Spiegel an der Innenseite der Türe.

Sie würde etwas aus sich machen müssen. Sie sah ein bißchen wild und ungekämmt aus, verglichen mit den Frauen, die sie bisher auf der *Galactica* gesehen hatte.

»Zuerst werde ich mich waschen und dann die neuen Kleider anprobieren, die sie mir –«

Jemand klopfte an die Tür zu ihrer Kabine.

»Herein«, antwortete sie.

»Du mußt die Tür aktivieren, Kindchen.«

»Ja, stimmt.« Sie lief hinüber, um den rechten Schalter zu drücken. »Jetzt komm herein.«

Starbuck stand, in eine frische Kriegeruniform gekleidet, auf der Schwelle. Er hatte eine Hand um einen Strauß roter Blumen gekrampft; in der anderen qualmte eine Zigarre. »Für dich, meine Liebe«, sagte er, reichte ihr das Bukett und trat ein.

»Sie sind hübsch«, sagte sie, als sie die Blumen nahm.

»Die schönsten Plastikblumen, die auf dem ganzen Kampfstern zu haben sind«, versicherte er ihr.

Lächelnd legte Robber sie auf einen kleinen Tisch.

»Blumen machen einen Raum immer fröhlicher«, meinte sie. »Setz dich doch.«

»Danke, das werde ich.« Er ließ sich in einem der zwei Sessel in der Kabine nieder. »Gefällt es dir hier?«

»Mehr oder weniger.«

»Man muß sich daran gewöhnen.«

»Vergiß nicht unser Abkommen.« Sie setzte sich wieder auf die Bettkante. »Ich probiere das hier nur aus. Ich kann jederzeit wieder gehen.«

»Sicher, die *Galactica* ist kein Gefängnis.«

»Ich weiß, das Bad ist zu gepflegt für ein Gefängnis«, gab sie zu. »Ich will nur, daß niemand an der Fähre herumspielt, mit der ich gekommen bin. Eines Tages werde ich sie vielleicht wieder brauchen.«

Er grinste. »Heute abend, oder was hier als Abend gilt, werden wir eine Art Feier in der Freizeitlounge abhalten«, berichtete er ihr. »Um euch Pilger an Bord willkommen zu heißen. Musik, Tanz, Getränke und Spaß für die ganze Familie.«

Robber zuckte mit den Achseln. »Willst du wirklich, daß ich auch komme?«

»Warum nicht?«

Sie antwortete: »Diese beiden Mädchen, denen du mich vorgestellt hast... Athena und Cassiopeia... Ich habe nicht übersehen, wie sie mich vom Scheitel bis zur Sohle gemustert haben.«

»Neid, mein Kind, reiner Neid.«

»Nein, sie mögen dich beide.« Sie kämmte sich ihr langes dunkles Haar. »Sie haben sich offensichtlich gefragt, warum du dich zum Teufel für eine ungehobelte Wilde aus den Wäldern interessierst.«

»Hey, ich habe schon ein paar Wilde gesehen«, widersprach Starbuck. »Du gehörst nicht dazu, Robber.«

»Es gibt da noch ein anderes Problem«, fuhr die junge Frau fort. »Als du ihnen meinen Namen nanntest, konnte sich die eine ein Lachen kaum verkneifen, und die andere hat mich vollkommen fassungslos angestarrt.«

»Ruhig, Kind. Cassiopeia ist auch nicht gerade ein bezaubernder Name«, wandte er ein.

»Aber ich sollte einen richtigen Namen haben«, erklärte sie überzeugt. »Meine Mutter wußte unseren Familiennamen nicht. Das war einer der Gründe, weswegen ich auf Aeries wollte. Ich wollte herausfinden, wer ich wirklich bin.«

»Das wird kaum möglich sein, jedenfalls, solange die Cyloner den Planeten in der Hand haben«, hielt er ihr entgegen. »Ich sage dir was... Warum suchen wir dir nicht einfach einen neuen Namen? Einen, den du benützen kannst, bis du deinen wahren und richtigen Namen herausgefunden hast.«

»Das wäre eine Möglichkeit«, gab Robber zu. »Hast du irgendwelche Vorschläge?«

»Wie wäre es mit Roberta? Das klingt deinem augenblicklichen Namen ziemlich ähnlich.«

»Roberta klingt nach einer gestelzten Blondine«, lehnte sie ab. »Mit Sommersprossen.«

»Es ist nur ein Vorschlag.«

»Gefällt dir der Name?«

»Sicher«, sagte er. »Er klingt aufregend.«

»Ich werde darüber nachdenken«, entschied sie schließlich. »Aber ich verspreche nichts.«

»Du kannst den nehmen, der dir gefällt.« Starbuck stand auf. »Ich muß gehen. Aber wenn es dir nichts ausmacht, dann hole ich dich später ab.«

»Das brauchst du nicht.«

»Ich weiß, daß ich es nicht brauche«, korrigierte er. »Ich möchte es.«

»Gut, abgemacht.« Sie ging durch den Raum, gab ihm einen flüchtigen Kuß auf die Wange. »Danke noch mal. Für alles.«

Apollo ging im Quartier seines Vaters auf und ab, während er berichtete. »Das ist also die Geschichte von Proteus und seinem Gefängnis«, schloß er.

»Unglaublich«, meinte Colonel Tigh, der in einem Stuhl Commander Adama gegenüber saß. »Immer so weiterzumachen, Generation nach Generation, abgeschnitten von allem.«

»In gewisser Weise«, bemerkte der Commander, das Kinn auf die Fingerspitzen gestützt, »ähnelt ihre Situation unserer eigenen.«

»Aber wir haben einen Auftrag und ein Ziel«, widersprach Tigh.

»Dieser Meinung waren sie auch«, wandte Adama ein.

»Sie glauben doch nicht, wir sind genauso weltfremd wie sie?«

»Nein.« Commander Adama lächelte. »Nur, daß es gewisse Ähnlichkeiten gibt. Jedenfalls sollten wir alles in unserer Kraft Stehende unternehmen, damit sie sich auf der *Galactica* so wohl wie möglich fühlen.«

Apollo setzte sich. »Da ist noch das Problem derer, die auf Proteus geblieben sind.«

»Ja. Wenn die Cyloner von ihnen erfahren«, bekräftigte der Commander, »ist ihr Schicksal besiegelt.«

Er fragte seinen Sohn: »Haben sie irgendwelche Verteidigungsmöglichkeiten?«

»Ein paar antiquierte Kampfschiffe, und ein paar Fähren wie die, die du schon gesehen hast. Die Schiffe sind mit Lasern bewaffnet, aber keines davon ist ein ernstzunehmender Gegner für ein cylonisches Kampfschiff.«

»Wir sollten dafür sorgen, daß die Cyloner den Eindruck bekommen, diese Galaxie lohnt die Aufregung nicht.«

»Aber solche Lektionen«, wandte der Colonel ein, »sind nur schwer beizubringen.«

»Wir werden einen Weg finden.«

»Du erwartest, daß sie noch mehr Kampfschiffe schicken, nicht wahr?« fragte Apollo.

»Das tue ich, ja.«

Tigh beugte sich in seinem Stuhl vor. »Ich rechne auch mit einem neuen cylonischen Angriff«, sagte er. »Und unter diesem Blickwinkel ist es vielleicht gar nicht so klug, die Begrüßungsfeier heute abend stattfinden zu lassen.«

Commander Adama schüttelte den Kopf. »Doch, denn es wird unseren neuen Gästen helfen, sich hier zu Hause zu fühlen, und es ist gut für die Moral unserer Leute.«

»Wenn es einen Angriff gibt, werden wir –«

»Werden wir bereit sein«, versicherte ihm Adama.

25

Starbuck zog seine Zigarre zwischen den Lippen hervor. »Toll!« sagte er.

Robber lächelte zaghaft und fragte ihn dann: »Geht das so?«

Er nickte bekräftigend und trat aus dem Gang in ihren Raum. »Du hast etwas mit deinem Haar gemacht.«

»Gewaschen, und ein bißchen geschnitten.«

»Und du hast dich geschminkt.«

»Nur ein bißchen. Glaubst du, es ist zu dick?«

»Nein, ausgezeichnet.« Er hielt seine Zigarre von sich weg, bevor er schnüffelte. »Parfüm auch?«

»Es soll nach wilden Blumen riechen«, bemerkte sie. »Obwohl ich noch nie wilde Blumen gerochen habe, die so duften. Ist es nicht zu stark?«

»Es ist ganz dezent, keine Angst.«

Sie trat einen Schritt zurück und streckte die Arme zu beiden Seiten aus. »Und jetzt zu den Kleidern, Starbuck? Sie sind nichts Außergewöhnliches, aber sehen sie gut aus und passen sie?«

»Ja«, versicherte er ihr. »Ja, sie passen. Hervorragend.«

»Warum siehst du mich so komisch an?«

Der Lieutenant schüttelte den Kopf. »Du bist wirklich... schön.«

»Ist dir das bisher noch gar nicht aufgefallen?«

»Sicher ist es mir aufgefallen... aber auf den Asteroiden und Planetoiden sahst du ganz anders aus, mein Kind.«

»Das war, weil ich dort meine Arbeitskleidung getragen habe«, erklärte sie. »Aber nachdem ich mir hier die Konkurrenz angesehen habe, dachte ich mir, ich muß mich anstrengen.«

»Das ist dir gelungen. Überzeugend.«

»Ich möchte nicht, daß du dich in irgendeiner Weise für mich verantwortlich fühlst«, sagte Robber. »Aber es gibt Menschen an Bord dieses Kampfsterns... Athena und Cass, um nur zwei zu nennen... die mich für deinen Protegé halten. Anfangs jedenfalls. Und darum möchte ich sichergehen, daß du dich meiner nicht zu schämen brauchst.«

»Diese Gefühle kannst du beiseite legen, Robber.«

»Und ich habe mich entschieden, mich Roberta zu nennen«, eröffnete sie ihm. »Anfangs wenigstens.«

Grinsend bot er ihr seinen Arm an. »Roberta«, lud er sie ein, »erlaube mir, dich zu der Feier zu begleiten.«

Lieutenant Jolly bemerkte sie als erster. Er strich sich über seinen Schnurrbart und durchquerte dann die bevölkerte Lounge, um sich zu Starbuck zu gesellen. »Gut, daß du heil und ganz wieder da bist, Starbuck«, begrüßte er ihn, eine Hand Starbuck entgegengestreckt und die Augen auf Robber.

Starbuck schüttelte die Hand. »Ich möchte, daß du eine Freundin von mir kennenlernst. Robb... Roberta, das hier ist der eine und einzige Lieutenant Jolly. Jolly, Roberta.«

Zu Starbucks großer Überraschung schlug Jolly die Hacken zusammen, verbeugte sich, nahm Robbers rechte Hand und küßte sie. »Sehr erfreut«, sagte er.

»Ganz meinerseits, Lieutenant«, entgegnete sie lächelnd. »Ich habe schon viel von Ihnen gehört, seitdem ich angekommen bin.«

»Das haben Sie?«

»Größtenteils Warnungen vor dir, vermute ich«, warf Starbuck dazwischen.

»Ein paar von den Mädchen kamen vorbei, um mich zu begrüßen«, erklärte Robber. »Natürlich haben sie dann auch erwähnt, welchen Mann auf der *Galactica* sie favorisieren.«

Kichernd fragte Lieutenant Jolly: »Und ich war einer von ihnen, wie?«

»Ihr Name hat die Liste angeführt.«

»Lustig«, kommentierte Jolly, immer noch kichernd.

»Schwer zu glauben, wie?« Starbuck blickte sich in der Lounge um. Es gefiel ihm weniger, daß mehrere andere junge Krieger sich aus ihren Gruppen lösten, um zu ihnen zu kommen.

»Wenn wir uns verlieren sollten, Roberta«, ermutigte er sie, »brauchst du nur zu schreien, dann komme ich dich retten.«

»Warum, sie ist hier nicht in Gefahr«, wandte Jolly ein.

Vier weitere Lieutenants gesellten sich zu ihnen.

Apollo fand Starbuck aus einem Fenster in der Lounge starrend. »Du scheinst nicht besonders festlich gestimmt, alter Freund.«

»Richtig.«

»Muß ich daran erinnern, daß dies hier eine Party ist? Hier sollen sich die Menschen vergnügen.«

Starbuck nippte nachdenklich an seinem Ambrosaglas. »In der ganzen Geschichte war es immer so.«

»Was?«

»Mußt du wirklich fragen?« Er wandte sich vom Fenster ab und deutete mit einer abfälligen Geste auf den Haufen junger Männer auf der anderen Seite des Raumes. »Weißt du, wer mitten in diesem Getümmel steckt?«

»Robber.«

»Genau.« Starbuck starrte einen Augenblick schweigend in seinen Drink. »Immer im Verlauf der Geschichte haben berühmte Entdekker, Erfinder, Forscher und tapfere Männer sich auf den Weg gemacht und große Schätze heimgebracht, nur um dann vergessen zu werden.«

»Das habe ich auch schon gehört, wenn auch nicht in diesen Worten.«

»Ich habe Robb... Roberta gefunden. Das ist übrigens ihr neuer Name. Auch eine meiner Erfindungen, wenn ich das erwähnen darf. Ich entdeckte Roberta auf einem abgelegenen Asteroiden und brachte sie hierher.«

»Ich dachte, sie hätte dich gefunden und dir eins über den Schädel gezogen.«

»Das Entscheidende ist, wenn du einen Moment lang aufhören könntest, mich zu necken und zu ärgern«, fuhr Starbuck traurig fort. »Ich habe diese junge Dame entdeckt, sie überredet, hierher zu kommen und... ich werde ignoriert, einfach beiseite geschoben, während Herden lüsterner Jünglinge sie bedrängen.«

»Warum sollte sie nicht ein paar Leute kennenlernen?«

»Stehe ich ihr im Weg? Selbst wenn dem so wäre, würde ich sowieso nur totgetrampelt.«

»Bist du vielleicht eifersüchtig?«

Starbuck dachte darüber nach. »Nun, ich habe gehofft, etwas Zeit mit ihr zusammen verbringen zu können«, gab er zu. »Sie sieht heute abend absolut traumhaft aus, nicht wahr?«

»Das ist mir aufgefallen.« Apollo lächelte. »Und wenn du Cass oder Athena deine Zeit widmen würdest und –«

»Sie wollen nichts mit mir zu tun haben.«

»Keine von beiden?«

»Beide haben mir sozusagen die kalte Schulter gezeigt.« Er nahm wieder einen Schluck.

»Wenn du die Dinge etwas rationaler betrachten würdest«, riet ihm Apollo, »solltest du eigentlich geschmeichelt sein. Noch vor kurzer Zeit hast du dir Sorgen gemacht, daß Robber vielleicht nicht auf die *Galactica* passen könnte. Aber jetzt sieht es so aus, als wäre sie ein durchschlagender Erfolg.«

»*So* erfolgreich brauchte sie auch nicht zu sein«, beklagte Starbuck.

»Das wird sich geben. Dann kannst du –«

»Achtung!« dröhnten die Deckenlautsprecher. »Alles Personal auf die Gefechtsstationen! Ich wiederhole: Alles –«

»Sieht aus, als hätten wir im Augenblick andere Sorgen«, bemerkte Apollo.

26

Die Alarmsirenen heulten. Schutzschilder senkten sich vor die Fenster in der Lounge.

Starbuck lief auf den Ausgang zu. Robber hielt ihn am Arm zurück. »Was ist, was ist los?«

»Ich vermute, ein cylonischer Überfall.«

Sie senkte ihren Kopf. »Das habe ich befürchtet«, sagte sie. »Es ist mein Fehler. Ich war so dumm, Kontakt mit –«

»Hey, wir haben schon viel länger Ärger mit den Cylonern«, entgegnete er. »Lange, bevor du aufgetaucht bist.«

»Ja, aber du weißt, was ich meine. Ich –«

»Wir werden uns darüber unterhalten, sobald ich aus dem Kampf zurück bin«, versprach er ihr.

Sie verstärkte den Griff um seinen Arm. »Kann ich etwas tun? Mitfliegen –«

»Bleib hier und sorge dafür, daß unsere Neuankömmlinge nicht in Panik geraten«, schlug er vor. »Ein cylonischer Angriff gleich am ersten Tag könnte sie beunruhigen.«

»Okay.« Sie küßte ihn auf die Wange. »Komm bald wieder.«

»Das habe ich jedenfalls vor.« Er ließ sie los, verließ dann die Lounge.

Lieutenant Jolly holte ihn ein, und zusammen liefen sie den Korridor hinunter. »Was spielt sich ab?«

»Wahrscheinlich greifen uns die Cyloner an und –«

»Nein, ich meine zwischen dir und Roberta«, unterbrach ihn der bärtige Lieutenant ungeduldig. »Ich habe euren Abschied eben beobachtet. Sie mag dich.«

»Natürlich, und deshalb verbringt sie auch den ganzen Abend mit solchen Affen wie dir, die sie umschwänzeln –«

»Ach was, es ist egal, mit wem sie plauschen. Was zählt, ist, mit wem sie nach Hause gehen«, erklärte ihm Jolly.

»Unsinn.«

»Falls ich von dieser Mission zurückkehre«, teilte ihm Jolly mit, »werde ich versuchen, dir Konkurrenz zu machen. Ich dachte, es wäre fairer, dir das gleich zu sagen –«

»*Falls* du zurückkehrst?« Starbuck schüttelte den Kopf. »Hör auf, so zu reden, Jolly, du jagst mir Angst ein.«

Commander Adama betrat die Brücke der *Galactica.* »Was gibt es Neues?«

Das Heulen der Alarmsirenen und das Schlagen der Metalltüren erfüllte das ganze Schiff.

Als der Commander an einem Scannerschirm stand, meldete Colonel Tigh: »Wir haben es mit einem ausgewachsenen Angriff zu tun.«

Adama beobachtete mit zusammengezogenen Brauen die kleinen Lichtpunkte, die sich langsam über den Bildschirm bewegten. »Fünfzig Cyloner«, bemerkte er.

»Und sie kommen genau auf uns zu«, ergänzte Tigh. »Sie fliegen nicht Richtung Proteus oder zu den anderen Asteroiden da draußen.«

»Vielleicht wissen sie nicht, daß es menschliches Leben auf den Asteroiden gibt«, vermutete der Commander. »Wenn wir sie aufhalten, werden sie es vielleicht nie herausfinden.«

»Sie wissen jedenfalls, daß *wir* hier sind.«

»Das war wahrscheinlich unvermeidlich.«

»Die junge Frau, die versucht hat, Kontakt mit Aeries aufzunehmen«, sagte der Colonel, ohne den Blick vom Bildschirm zu wenden, »ist an Bord des Kampfsterns, soviel ich gehört habe.«

»Ja, ich habe sie gesehen, als unsere neuen Gäste ankamen«, bestätigte Adama. »Ist Geschwader Blau einsatzbereit?«

»In ein paar Microns«, erklärte Tigh. »Viele der Piloten waren auf der Party, deshalb brauchen sie länger, um –«

»Ich bin trotzdem froh, daß wir die Feier veranstaltet haben.«

»Ich wollte Sie nicht kritisieren, Commander. Das sind einfach Tatsachen.«

Adama nickte. »Die junge Dame, Robber heißt sie übrigens, hat eine der Fähren gesteuert«, sagte er. »Ich glaube nicht, daß sie absichtlich versuchte, mit den Cylonern Kontakt aufzunehmen.«

»Glauben Sie ihr das einfach so?«

»Nein«, antwortete der Commander. »Aber sowohl Starbuck als auch mein Sohn setzen sich für sie ein. Und das wiegt schwer.«

»Hatte nicht dieselbe junge Dame versucht, Starbuck umzubringen?«

»Dem Bericht des Lieutenants nach nicht«, erwiderte Adama. »Es gab einfach ein Mißverständnis, während dessen Starbuck unglücklicherweise und ganz zufällig auf den Kopf getroffen wurde.«

»Ich habe die junge Dame noch nicht kennengelernt«, sagte Colonel Tigh. »Ich nehme aber an, daß sie attraktiv ist.«

»Äußerst«, bestätigte Adama. »Aber ich sehe nicht ein, Colonel, warum eine hübsche Frau weniger glaubwürdig sein sollte als eine häßliche.«

»Ich glaube, das denkt Lieutenant Starbuck auch.«

Aus einem Lautsprecher klang plötzlich: »Geschwader Blau startbereit!«

»Viel Glück«, murmelte der Commander.

Starbuck warf einen kurzen Blick auf den Standplatz der Spähviper Eins und kletterte dann in seine normale Viper. »Ich werde dich vermissen, Cora«, sagte er. »Aber diesmal brauche ich meine Geschütze.«

Er gurtete sich an, schloß das Verdeck und begann, die Instrumente zu überprüfen.

»Ich werde auch deine Geschwindigkeit vermissen.«

Lieutenant Boomers Stimme drang aus dem Lautsprecher im Instrumentenbrett. »Wie geht es dir, Starbuck?«

»Ich bin bereit.«

»Du sahst auf der Party ziemlich bedrückt aus.«

»Ich? Du irrst dich, Freund«, versicherte ihm Starbuck. »Verschiedentlich mußten mich die Menschen in meiner Nähe sogar beruhigen, weil ich so laut lachte und spaßte.«

»Deine Freundin war zweifellos der Schlager des Abends.«

Starbuck antwortete nicht.

»Starbuck?«

»Er ist gerade auf die Terrasse gegangen«, antwortete Starbuck. »Soll ich ihm etwas ausrichten?«

»Meine Güte, du klingst ganz schön fertig für jemanden, der vor Fröhlichkeit überschäumt.«

»Hey, wer bist du eigentlich, Boomer? Ein cylonischer Agent, der versucht, mich vor meinem Einsatz zu demoralisieren oder wie?«

»Offensichtlich scheint Robber dich mehr als alle anderen zu mögen«, beruhigte ihn Boomer. »Nur, falls du dir darüber Sorgen machst. Nur, weil Jolly und die anderen Jungs sich um sie geschart haben wie –«

»Roberta«, korrigierte Starbuck. »Sie hat sich entschlossen, sich Roberta zu nennen. Es klingt nicht ganz so verwegen wie Robber.«

»Bereit zum Start«, verkündete eine metallische Stimme.

»Wir werden unser Gespräch fortsetzen«, versprach Boomer, »wenn wir zurückkommen.«

»Das hat keine Eile«, wehrte Starbuck ab.

27

Captain Apollo feuerte wieder seine Laser ab. Er traf einen weiteren Cyloner aus der angreifenden Flotte. Das feindliche Schiff explodierte, und glitzernde Fragmente segelten in alle Richtungen in die Dunkelheit davon.

»Hey«, hörte er Starbucks Stimme. »Was zum Teufel geht hier vor?«

»Ich bin mir nicht sicher, alter Freund«, antwortete Apollo.

»Diese Knallköpfe wehren sich überhaupt nicht«, stellte Starbuck fest. »Was haben sie vor?«

»Keine Ahnung. Aber wir werden es ja trotzdem ausnutzen.«

»Ja, sicher. Aber es ist nicht besonders sportlich.« Starbuck brach die Verbindung ab.

Zwei cylonische Schiffe kamen genau auf Apollos Viper zu. Er tauchte ab, zog eine Schleife und befand sich plötzlich hinter ihnen. Seine Lasergeschütze trafen die Unterseite eines der beiden Kampfschiffe. Der Cyloner verwandelte sich in einen zerstäubenden, taumelnden Schrotthaufen.

»Wo zum Teufel ist der andere hin?«

Er wendete wieder und erblickte den zweiten Cyloner.

Das Schiff war durch die Abwehrfront der Vipers, die die *Galactica* umringten, gebrochen.

Es schoß genau auf den Kampfstern zu.

»Achtung, *Galactica!*« rief Apollo in sein Sprechgerät. »Einer von ihnen ist durchgebrochen und hält genau auf euch zu.«

»Unsere Lasergeschütze werden schon mit ihm fertig«, antwortete Adamas Stimme.

Apollo beobachtete das angreifende cylonische Kampfschiff. »Dad, er wird nicht feuern«, warnte er. »Er will euch rammen!«

Einen Micron später schlug der Cyloner in die *Galactica.* Seine Schnauze bohrte sich in die Flanke des Kampfsterns.

»Das haben sie also vor.« Plötzlich wurde Apollo alles klar. »Das ist ein Selbstmordkommando. Sie versuchen, die *Galactica* zu zerstören!«

Robber hatte an einem kleinen Tisch in der inzwischen ruhigen Lounge gesessen. Ihr Arm ruhte auf der glatten Tischplatte, neben ihrem unangetasteten Ambrosaglas.

Ihr gegenüber saß Assault, der nervös mit den Fingerspitzen auf den Tisch trommelte. »Was für ein Empfang«, bemerkte er.

Die Geräusche der Schlacht draußen drangen gedämpft in die Lounge.

»Das ist die Realität«, sagte die junge Frau mit einem halbherzigen Lächeln. »Vielleicht ist es besser, sich gleich daran zu gewöhnen.«

»Ich weiß«, pflichtete der bärtige Mann bei. »Aber trotzdem würde es mir nicht gefallen, gleich an meinem ersten Tag an Bord getötet zu werden.«

»Soviel ich gehört habe, hält dieser Kampfstern eine ganze Menge aus«, beruhigte sie ihn. »Sie haben schon viele Angriffe abwehren müssen, und jeden einzelnen davon überlebt.«

»Bis jetzt.« Assault blickte sich im Raum um.

Die ehemaligen Gefangenen saßen an verschiedenen Tischen, bedrückt und schweigend.

»Du kannst es auch anders sehen«, sagte Robber. »Du bist hier sicherer als auf Proteus.«

»Gewiß, aber auf Proteus brauchte ich mir keine Sorgen um die Cyloner zu machen.«

»Das heißt aber nicht, daß sie nicht jederzeit hätten angreifen und alles Leben auf dem Asteroiden auslöschen können.«

»Sicher, aber davon wußte ich nichts.« Assault kratzte sich am Bart. »Trotzdem, die –«

»Und du brauchst dich nicht mehr mit Croad herumzuärgern.«

»Seltsam«, wunderte sich Assault, »daß er sich entschieden hat, auf Proteus zu bleiben und mit den anderen neu anzufangen.«

»Der Kerl ist höllisch starrköpfig«, meinte sie. »Keine schlechte Eigenschaft für einen Farmer.«

»Ich frage mich, ob –«

Ein ohrenbetäubendes Donnern erfüllte die Lounge, dann hörte man das Geräusch von zerreißendem und sich verbiegendem Metall.

Der Boden der Lounge erbebte und zitterte. Die Tische tanzten und kippten um. Alle Lichter in dem großen Raum erloschen.

Einen Augenblick später rief jemand in der absoluten Dunkelheit: »Ich höre das Ventilationssystem nicht mehr. Wir kriegen keine Luft mehr!«

Commander Adama wandte sich an den Colonel. »Wie sieht es aus?«

»Zwei cylonische Schiffe haben die Absperrung durchbrochen«, antwortete Tigh. »Beide haben uns steuerbord getroffen. Der Schaden wird gerade festgestellt.«

»Wahrscheinlich ist er nicht groß.«

Athena saß vor ihren Instrumenten. »Die Versorgungssysteme sind in diesem Bereich ausgefallen«, meldete sie.

»Betrifft das auch die Lounge?« fragte der Commander.

»Ich fürchte, ja.«

»Was ist mit den Notsystemen?«

Athena schüttelte den Kopf. »Auch ausgefallen.«

Adama legte die Hände auf den Rücken und betrachtete den Bildschirm, an dem seine Tochter saß. »Also gibt es dort weder Licht noch Luft?«

»Korrekt.«

»Wie viele Menschen befinden sich noch in dem Raum?«

»Alle unsere Neuankömmlinge, oder fast alle«, antwortete Athena. »Wir haben angenommen, sie wären dort sicher aufgehoben.«

»Funktionieren die Türen?«

»Nein. Sie sind alle darin gefangen.«

Adama sah Tigh an. »Wann können wir die Versorgungssysteme reparieren, Colonel?«

Tigh schüttelte langsam den Kopf. »Erst, wenn der Angriff vorüber ist, Commander.«

»Können wir einen Rettungstrupp in die Lounge schicken, der die Menschen herausholt?«

»Das können wir versuchen«, gab der Colonel zur Antwort. »Aber wir wissen nicht, wie viele kaputte und verklemmte Türen sie auf dem Weg dorthin aufbrechen müssen.«

»Stellen Sie eine Mannschaft zusammen, und lassen Sie sie alle Menschen aus dem betroffenen Bereich herausholen«, befahl Commander Adama. »Wie lange können die Menschen in der Lounge mit der dort vorhandenen Luft überleben?«

»Möglicherweise reicht sie, bis wir uns zu ihnen vorgearbeitet haben«, erwiderte Tigh. »Aber es sind relativ viele Menschen dort.«

Adama nickte. »Gut. Tun Sie, was Sie können, Colonel.«

»Wir müssen uns beruhigen«, rief Robber in befehlendem Tonfall.

»Wir werden alle sterben«, heulte jemand in der Dunkelheit.

»Das werden wir bestimmt, wenn du nicht ruhig bist«, warnte sie ihn. »Ich werde mich selbst darum kümmern. Wo sind die verdammten Lichter?«

»Schon da, Miss.« Zwei Taschenlampen leuchteten hinter der Bar auf.

»Ich brauche eine, und suchen Sie weiter, ob Sie noch mehr davon finden«, ordnete Robber an.

»In Ordnung«, bestätigte der Barkeeper und bahnte sich einen Weg durch die zusammengekauerten Gestalten bis zu ihr.

Robber nahm das Licht und schwenkte dann den schmalen Strahl durch den weiten Raum. »Forger? Wo zum Teufel steckst du?«

»Ich habe ihn nicht gesehen«, erklärte Adulteress.

»Er war hier«, stellte Robber mit Bestimmtheit fest. »Forger! Bring deinen Hintern in Gang.«

»Ich sterbe, mein Kind«, krächzte eine schwache Stimme.

Robber richtete den Lichtkegel der Taschenlampe auf ihn. »Da ist er ja, unter dem Tisch. Assault, schaff ihn her!«

»Luft«, stöhnte der kleine Mann. »Ich ersticke.«

»Entspanne dich, dann brauchst du weniger Luft«, riet sie ihm, während Assault ihn ihr brachte.

»Ich möchte nur meinen Frieden mit den Göttern machen und ruhig sterben, damit –«

»Wie viele Drinks hast du gehabt?«

Forger blickte beschämt zu Boden. »Ein paar vielleicht, mein Kind.«

»Streck deine Hände aus.«

Zögernd gehorchte Forger. Seine gichtigen Hände zitterten wie Insekten im Wind. »Na ja, vielleicht ein halbes Dutzend. Wenn ich genauer nachdenke.«

»Aber du bist immer noch der beste Mann, den wir haben«, erklärte sie. »Also werden wir uns mit dir begnügen, Forger.« Sie deutete mit dem Daumen auf die nächste Tür. »Wir haben in der Dunkelheit schon herausgefunden, daß sich alle Türen verklemmt haben.«

»Das habe ich gehört, mein Kind.«

»Du wirst eine von ihnen öffnen.«

»Oh, das ist eine verdammt schwierige Aufgabe«, protestierte Forger zitternd. »Vor allem für einen Mann am Rande des Todes.«

»Wenn du nicht aufhörst zu jammern, dann werde ich persönlich dafür sorgen, daß du den Rand bald überschritten hast.« Sie packte ihn am Nacken und schob ihn zur Tür. »Sieh es dir an, denk nach und finde heraus, wie sie geöffnet werden kann. Wenn sie geöffnet werden kann.«

»Jede Tür läßt sich öffnen, Mädchen.« Forger richtete sich auf und rieb die Fingerspitzen gegeneinander. »Alles, was man dazu braucht, ist... ähm... Zeit.«

Starbuck machte eine Pause, um sich eine Zigarre anzuzünden. »Wie machen wir uns?«

Apollos Stimme antwortete: »Bis jetzt haben drei Cyloner den Kampfstern gerammt.«

»Und von den anderen haben wir einen ordentlichen Prozentsatz – oh! Da kommt schon wieder einer.«

Der Lieutenant feuerte.

Das cylonische Kampfschiff explodierte.

»Wie ich eben sagte«, schloß Starbuck.

»Hör zu! Ich habe Verbindung mit der Brücke«, teilte ihm Apollo mit. »Nach diesen Selbstmordattacken ist in einem Bereich auf der Steuerbordseite des Kampfsterns das Versorgungssystem ausgefallen.«

»Da ist auch die Lounge.«

»Ja, und dort kommt keine Luft mehr hin.«

»Sie werden sterben. Robber... Roberta und alle anderen.«

»Eine Rettungsmannschaft versucht, zu ihnen vorzudringen.«

»Verdammt, ich sollte eigentlich dort sein.«

»Wir haben hier auch noch etwas zu erledigen«, ermahnte ihn Apollo.

»Und zwar so schnell wie möglich«, ergänzte Starbuck und schlug die Zähne in seine Zigarre.

28

Robber faßte hinter sich und packte einen Stuhl. Sie zog ihn zu sich heran, setzte sich darauf und sah Forger weiter bei seinen Bemühungen zu.

Mit dem kleinen Werkzeugkasten, den er immer bei sich trug, hatte der alte Mann die Metallabdeckung von der Tür entfernt.

»Hier sitzt der Fehler«, erklärte er über die Schulter hinweg und deutete auf ein Gewirr bunter Kabel innerhalb der Tür. »Einige davon sind durchgebrannt, als –«

»Wie lange brauchst du, um das zu reparieren?«

»Schwer zu sagen, Mädchen.« Stirnrunzelnd blickte er sie genauer an. »Du siehst mächtig erschöpft aus.«

»Mach dir darum keine Sorgen.« Sie atmete flach und konnte sich kaum auf das konzentrieren, was er ihr erklärte.

Assault kam zu ihr gekrochen. »Wie stehen unsere Chancen, Robber?«

»Prophezeiungen sind nicht meine Stärke«, antwortete sie. Ihre Stimme klang ihr fremd, unvertraut und weit weg.

»Bist du in Ordnung?« Er blieb an ihrer Seite und legte eine Hand auf ihre Schulter.

»Um die Wahrheit zu sagen«, gestand sie, »ich fühle mich nicht gerade großartig.«

Auf der anderen Seite des Raumes begann eine Frau in mittleren Jahren zu schluchzen, kurzatmig und trocken. »Die Zeit läuft uns davon… wir werden sterben…«

»Es hilft doch nichts«, rief Robber in ihre Richtung. »Wir dürfen nicht aufgeben, bis…«

Dann geschah etwas Beunruhigendes.

Sie verlor die Kontrolle über sich.

Nicht für lange, glaubte sie. Vielleicht nur ein paar Microns. Aber es jagte ihr Angst ein.

Sie hatte etwas zu der schluchzenden Frau gesagt, um sie aufzumuntern und zu beruhigen. Und plötzlich, ohne daß Zeit dazwischen vergangen zu sein schien, fand sich Robber auf dem Boden kniend wieder.

Assault hatte seinen kräftigen Arm um sie gelegt. »Komm schon«, mahnte er. »Nicht aufgeben.«

Als sie einatmete, schmerzte ihre Lunge. »Schau nicht so traurig«, sagte sie zu ihm. »Ich bin noch lange nicht am Ende.«

Forger kicherte in sich hinein. »Ah, das wär's«, murmelte er. »Das hätte ich früher bemerken müssen.«

Robber wollte ihn fragen: »Hast du...«

Dann wurde sie wieder ohnmächtig.

Aber diesmal kam sie nicht mehr zu sich.

Colonel Tigh gestattete sich ein dünnes Lächeln. »Es sieht so aus«, meinte er mit vorsichtigem Optimismus, »als wäre das Schlimmste vorüber.«

Commander Adama stand neben ihm und studierte den Scannerschirm. »Nur noch zwei cylonische Angreifer übrig«, stellte er zufrieden fest.

»Jetzt nur noch einer«, korrigierte Tigh, als ein kleiner heller Punkt von der Bildfläche verschwand. »Das heißt, keiner.«

Commander Adama stellte sich neben seine Tochter und fragte: »Wie ist die Situation in der Lounge?«

»Der Rettungstrupp«, antwortete Athena, »ist immer noch einen Korridor weit weg. Die vielen verklemmten Türen rauben ihnen Zeit.«

»Colonel«, befahl der Commander, »schicken Sie die Reparaturtrupps an die Arbeit. Wir wollen, daß die Versorgungssysteme in diesem Bereich so bald wie möglich wieder funktionieren.«

»Wird erledigt«, antwortete Tigh.

»Vielleicht können wir das Ventilationssystem noch rechtzeitig wieder anwerfen«, hoffte Adama.

»Ich weiß nicht«, sagte Athena, »was ich Starbuck sagen soll, wenn er zurückkommt.«

»Vielleicht hast du bis dahin gute Neuigkeiten«, tröstete sie der Commander.

Starbucks Zigarre war erloschen.

Er zündete sie nicht an.

Sobald seine Viper sicher auf dem Landedeck aufgesetzt hatte, legte er den Sicherheitsgurt ab, klappte das Verdeck hoch und sprang hinaus.

»Hey, Apollo«, rief er, »hast du etwas Neues gehört?«

Apollo antwortete nicht, bis Starbuck neben ihm auf dem Gang war. »Sie haben sich aus der Lounge befreit«, teilte er ihm mit, »und sind in einen Korridor gekommen, in dem noch Luft war.«

»Das ist großartig.«

»Der Rettungstrupp ist dort auf sie gestoßen.«

»Wunderbar. Ich schätze...« Er hielt inne und musterte Apollo durchdringend. »Aber dein Gesicht sieht gar nicht nach guten Neuigkeiten aus.«

»Nun, alter Freund...«

Starbuck packte seinen Freund am Arm. »Verschweig mir nichts«, forderte er. »Ist etwas mit Robber... mit Roberta?«

Apollo nickte zögernd. »Sie ist in der Krankenstation.«

»Ist es ernst?«

»Das wissen sie noch nicht.«

»Okay.« Starbuck ballte die Fäuste und versuchte, sich unter Kontrolle zu halten. »Okay. Sie ist nicht tot, oder?«

»Nein.«

»Gut, dann ist es nicht aussichtslos«, preßte Starbuck hervor. »Ich werde sie sofort besuchen.«

»Sie werden dich nicht zu ihr lassen –«

»O doch, das werden sie«, versicherte ihm Starbuck. »Denn bei meiner Laune wird wohl kaum jemand riskieren wollen, mich aufzuhalten.«

Alles um sie herum war weiß.

Robber atmete tief ein, und Luft drang in ihre Lungen.

»Ich lebe noch, wie?« sagte sie zu niemand Bestimmten.

»Das tun Sie, ganz und gar«, antwortete der weißgekleidete Arzt, der neben dem weißen Bett stand, in dem sie lag.

Sie hob die weiße Decke hoch und blickte an sich herunter. »Hey, jemand hat mir meine Klamotten weggenommen.«

»Das ist hier eine Standardprozedur«, erklärte er ihr.

»Schon, aber ich sah so verdammt gut aus in den Sachen.«

»Sie werden sie zurückbekommen.«

»Wann?«

»Wir glauben nicht, daß Sie lange hierbleiben müssen.«

»Was ist mit mir passiert?«

»Nichts Ernstes. Sie wurden durch Sauerstoffmangel ohnmächtig und –«

»Was ist mit Forger?«

»Der Mann, der die Tür geöffnet hat?«

»Gut, er hat es also geschafft?«

»Ja, und alle konnten heraus in einen Gang, wo das Ventilationssystem noch arbeitete.«

Robber nickte beifällig. »Das sind gute Neuigkeiten«, meinte sie. »Aber ich finde es peinlich, daß ich in Ohnmacht gefallen bin. Ich hoffe, das spricht sich nicht herum.«

Der junge Arzt lächelte. »Ich fürchte, es hat sich bereits herumgesprochen«, antwortete er. »Jeder weiß inzwischen, wie Sie die Situation gemeistert haben, wie Sie den Burschen dazu brachten, die Tür zu öffnen und wie Sie die anderen beruhigt haben.«

»Sicher, ich bin so etwas wie ein verdammter Held.«

»Das ist jedenfalls meine Meinung«, sagte er. »Oh, und ich werde jetzt gegen die Vorschriften verstoßen.«

»Wie das?« Sie warf ihm einen mißtrauischen Blick zu.

»Ich werde einen Besucher zu Ihnen lassen. Jedenfalls für einen Augenblick«, erklärte er ihr. »Dann möchte ich aber, daß Sie sich ausruhen. Wir müssen später noch ein paar Tests mit Ihnen machen.«

»Ist es der Besucher, von dem ich denke, daß er es ist?«

»Ganz genau«, antwortete der Arzt. »Wer sonst als Starbuck könnte zu so einem Zeitpunkt bis zu Ihnen vordringen?« Er durchquerte den Raum und öffnete eine weiße Tür. »Kommen Sie herein, Lieutenant. Und versuchen Sie, Ihren Überschwang wenigstens ein paar Microns unter Kontrolle zu halten.« Er verließ den Raum.

Starbuck trat beschämt ein und kam an ihr Bett.
»Hallo«, sagte er.
»Hallo«, sagte sie.

29

Starbuck betrachtete sich im Badezimmerspiegel. »Kein Wunder, daß ich das Idol von Millionen bin«, bemerkte er. »Daß ich im ganzen Universum bewundert werde und –«

»Erspar mir deine Lobgesänge«, bat Apollo, der in einem komfortablen Sessel faul herumhing.

»Ich sage nur die Wahrheit.«

»Ach, ich habe nicht gemerkt, daß irgendwas von deinem Gequassel wahr gewesen wäre.«

»Du müßtest dich etwas bemühen, auf dem laufenden zu bleiben.« Der Lieutenant fuhr sich ein letztes Mal mit der Bürste durch sein blondes Haar.

»Auch wenn es eine Qual ist, dir zuzuhören«, gestand Apollo, »freut es mich doch, daß du nicht mehr trauerst.«

»Nein, ich platze vor Unternehmungslust.« Er glättete seinen Kragen, strich über eine Falte in seiner Hose. »Immerhin scheinen wir die Cyloner aus diesem Teil des Universums vergrault zu haben.«

»Für die nächste Zeit wenigstens.«

»Und das bedeutet, daß die Kolonie auf Proteus eine Chance zum Überleben hat.«

»Stimmt.«

»Und seit dem Angriff wurde die *Galactica* repariert und wieder in Schuß gebracht«, fuhr er fort. »Alles ist wieder tadellos.«

»Und Robber wurde aus der Krankenstation entlassen.«

»Das außerdem«, stimmte Starbuck zu. »Aber wir sollten nicht vergessen, sie Roberta zu nennen.«

»Roberta.« Apollo betrachtete ihn einen Augenblick lang schweigend. »Du willst heute auf der *Rising Star* zu Abend essen?«

»Genau dort. Deshalb mache ich mich auch so sorgfältig zurecht.«

»Kannst du dir das leisten, mein Freund?«

»Interessant, daß du mich das fragst. Denn ich habe gerade die nötigen Mittel, um einen solchen Abend zu finanzieren –«

»Hast du eine Art Kommission für den Ambrosa bekommen, den Assault und die anderen von Proteus mitgebracht haben?«

Starbuck schüttelte den Kopf und legte eine Hand auf sein Herz. »Ich habe an den Verhandlungen zwischen Assault und unserem Mundschenk nicht teilgenommen«, beteuerte er. »Aber natürlich, wenn ich Assault nicht darauf hingewiesen hätte, wie wertvoll ihr Ambrosa ist, dann würden die Kisten heute noch auf den Docks von Proteus verstauben. Richtig?«

»Also hast du etwas eingenommen.«

Starbuck breitete beide Hände aus. »Ich habe vielleicht eine Anerkennung erhalten.«

»Das ist auch ein Name dafür.«

»Ein besonders hübscher sogar.«

Apollo stand aus dem Sessel auf, kopfschüttelnd, aber grinsend. »Na ja, ich hoffe, du verschluckst dich nicht heute abend.«

»Hör zu, als ich das zum letzten Mal versucht habe, wurde ich unterbrochen«, erklärte ihm Starbuck, »und auf Patrouille geschickt. Diesmal gedenke ich, das Mahl von Vorspeise bis zum Dessert zu genießen.«

»Und?« fragte Robber.

Starbuck umkreiste die junge Frau und rieb sich gedankenvoll das Kinn. »Meine wohlüberlegte Meinung ist«, bekannte er, »daß du absolut großartig aussiehst.«

»Hey, ich brauche keine Schmeicheleien und –«

»Ein Starbuck schmeichelt nie«, wehrte der Lieutenant ab. »Du siehst wirklich einfach gut aus.«

»Seitdem sie mich aus der Krankenstation entlassen haben, fühle ich mich ein bißchen unsicher«, sagte sie. »Einfach so ohnmächtig zu werden... das hat mein Selbstvertrauen erschüttert. Ich habe fast das Gefühl, ich bin ein Invalide.«

»Mir scheint es eher, als wärst du medizinisch in Topform.«

»Sitzt mein Kleid?«

»Wenn ich dich zum Dinner auf der *Rising Star* begleite, werden alle anderen Männer vor Neid erblassen. Und die Damen werden gelb vor Eifersucht.«

»Sicher«, gab sie zu. »Ich mache mir nur Gedanken... das ist das erste Mal... weißt du, daß ich mich in die Öffentlichkeit wage, sozusagen. Außer der Party damals.«

»Und das war kein besonders gelungener Abend.« Starbuck ging zur Tür. »Auch wenn du die Heldin des Abends warst.«

»Hör auf, dich über mich lustig zu machen.«

»Mit dieser Last muß ich leben«, klagte er, während er ihr die Tür öffnete. »Ich sage den Menschen nichts als die Wahrheit, und sie beschuldigen mich dann, ich würde mich über sie lustig machen oder schwindeln.«

Lächelnd nahm sie seinen Arm. »Ich schätze, an so jemanden wie dich bin ich einfach nicht gewöhnt.«

»Wie solltest du auch? Es gibt im ganzen verdammten Universum keinen zweiten wie mich.«

Der grauhaarige Ober lächelte breit. »Man ist überglücklich, Sie wiederzusehen, Lieutenant«, begrüßte er ihn, während er sich tief verbeugte. »Und noch mehr erfreut, die Gelegenheit zu haben, trotz meiner bescheidenen Stellung, diese bewundernswerte junge Dame kennenzulernen. Denn selbst bis hier drangen die Neuigkeiten von Ihrem heldenhaften Auftreten –«

»Forger hat die Tür geöffnet«, unterbrach ihn Robber. »Ich habe diesem Taugenichts nur gesagt –«

»Nachdem Sie so aus dem Häuschen sind«, meinte Starbuck zu dem Ober, »könnten Sie uns vielleicht ein kleines abgelegenes Separée anbieten.«

»Wünschen Sie wirklich eines, Sir?« Der Ober blinzelte. »Man war überzeugt, daß angesichts dessen, was sich bei Ihrem letzten bemerkenswerten Besuch abspielte, Sie –«

»Trotzdem bin ich entschlossen, das heute abend wettzumachen«, beschied ihm Starbuck. »Also zeigen Sie uns ein Separée.«

»Nun, Sir«, zögerte der Ober, ohne sich einen Zentimeter vom Fleck zu bewegen, »es gibt noch einen freien Platz. Jedoch ...«

Starbuck kramte in seiner Tasche nach einer Münze. »Vielleicht wird das –«

»Nein, nein, man ist nicht auf ein Trinkgeld aus, Sir«, versicherte ihm der Ober abwehrend. »Man möchte nur, daß Sie sich gewisser Tatsachen gegenwärtig sind, damit sich eine unerwünschte Wiederholung der Ereignisse vermeiden läßt.«

Starbuck runzelte die Stirn. »Das soll doch nicht etwa heißen ...?«

»Doch, das heißt es. Die anderen jungen Damen«, erklärte der Ober. »Dieselben, mit denen Sie an jenem schicksalsreichen Abend dinierten, oder wenigstens zu dinieren versuchten. Sie befinden sich zufälligerweise in dem Separée genau neben jenem, das Sie einzunehmen wünschen.«

»Cassiopeia?«

»Dieselbe, Sir.«

»Athena?«

»Ebenfalls.«

»Essen zusammen?«

»So ist es, Sir.«

»Das ist merkwürdig.«

»Es ließ sich nicht vermeiden, einen Teil ihres Gespräches mitzuhören«, gab ihm der Ober zu verstehen. »Sie scheinen von einer beidseitigen... ähm... wie soll man sagen?... Antipathie gegenüber Ihnen, Lieutenant, angezogen zu sein.«

Starbuck kratzte sich am Kopf. »Roberta, ich hoffe, du hältst mich nicht für einen Feigling«, sagte er. »Aber ich glaube, es wäre besser, den Abend nicht in unmittelbarer Nähe dieser beiden Damen zu verbringen.«

»Das kann ich verstehen«, gab sie zu.

Der Ober senkte die Stimme. »Darf man vielleicht das Café auf dem nächsten Deck empfehlen, Sir? Nicht so gepflegt und nicht so vornehm wie unseres. Aber es bietet viele lauschige Plätzchen und intime Winkel. Außerdem hat es den Vorteil, sich in ausreichender Entfernung von den beiden Damen zu befinden.«

»Ein ausgezeichneter Vorschlag.« Starbuck nahm Robbers Hand und führte sie aus dem Restaurant heraus. Sie fragte ihn: »Wirst du mir das irgendwann erklären?«

»Noch heute nacht«, versprach er ihr. »Und wahrscheinlich sehr ausführlich.«